OS 12 MAGNÍFICOS

Obras do autor lançadas pela Galera Record:

Série Gone
Gone – O mundo termina aqui
Fome
Mentiras
Praga
Medo

Série Os 12 Magníficos
Os 12 Magníficos: O chamado

OS 12 MAGNÍFICOS
MICHAEL GRANT

Tradução
Giu Alonso

1ª edição

— **Galera** —
RIO DE JANEIRO
2016

CIP-BRASIL. CATALOGAÇÃO NA FONTE
SINDICATO NACIONAL DOS EDITORES DE LIVROS, RJ

Grant, Michael

G79m   Os 12 Magníficos: O chamado / Michael Grant; tradução de Giu Alonso. – 1. ed. – Rio de Janeiro: Galera Record, 2016.

(Os 12 Magníficos; 1)

Tradução de: The magnificent 12: The call
ISBN 978-85-01-40315-5

1. Ficção juvenil americana. I. Alonso, Giu. II. Título. III. Série.

15-23937   CDD: 028.5
                                           CDU: 087.5

Título original:
The Magnificent 12: The Call

Copyright da tradução © Editora Record LTDA., 2016

Copyright © Michael Grant, 2010

Publicado mediante acordo com HarperCollins Children's Books, que faz parte de HarperCollins Publishers.

Composição de miolo: Abreu's System
Criação de capa: Igor Campos Leite

Texto revisado segundo o novo Acordo Ortográfico da Língua Portuguesa.

Todos os direitos reservados. Proibida a reprodução, no todo ou em parte, através de quaisquer meios. Os direitos morais do autor foram assegurados.

Direitos exclusivos de publicação em língua portuguesa
somente para o Brasil adquiridos pela
EDITORA RECORD LTDA.
Rua Argentina, 171 – Rio de Janeiro, RJ – 20921-380 – Tel.: (21)2585-2000,
que se reserva a propriedade literária desta tradução.

Impresso no Brasil

ISBN 978-85-01-40315-5

Seja um leitor preferencial Record.
Cadastre-se e receba informações sobre nossos lançamentos
e nossas promoções.

Atendimento e venda direta ao leitor:
mdireto@record.com.br ou (21) 2585-2002.

Para Katherine Tegen,
que acreditou que eu era capaz de ser engraçado.

E para Katherine, Jake e Julia,
que ainda não têm certeza.

Um

David MacAvoy — que era chamado Mack pelos amigos — não era um herói improvável. Ele era um herói *impossível*.

Em primeiro lugar, Mack só tinha 12 anos.

Depois, ele não era especialmente grande, forte, sábio, gentil ou bonitão.

Além de tudo, ele tinha medo. Medo de quê? De um monte de coisas.

Mack tinha aracnofobia, medo de aranhas.

Odontofobia, medo de dentistas.

Pirofobia, medo de fogo, embora a maioria das pessoas também sinta isso em algum grau.

Pupafobia, medo de marionetes. Mas ele não tinha medo de palhaços, ao contrário de muitas pessoas mais sensíveis.

Aicmofobia, medo de tomar injeções.

Talassofobia, medo de oceanos, o que levava naturalmente à selachofobia, medo de tubarões.

E fobofobia, medo de fobias. Isso faz mais sentido do que pode parecer a princípio, porque Mack volta e meia descobria novos medos. E o fato de haver mais coisas assustadoras para se temer o assustava.

E a pior de todas, o horror dos horrores: Mack tinha claustrofobia, medo de lugares fechados. O medo, para explicar da forma mais desagradável possível, de ser enterrado vivo.

Logo, esse não era o tipo de garoto de 12 anos que você esperaria ver se tornar um dos maiores heróis da história; não era a pessoa que você esperaria ver tentando salvar o mundo do pior dos males enfrentados pela humanidade.

Essa, porém, é nossa história.

Uma coisa a se lembrar: a maioria dos heróis termina morta. E mesmo quando eles mesmos não morrem, em geral é isso que acontece com as pessoas ao redor deles.

Mack era um garoto mediano: cabelo castanho bem encaracolado e despenteado, altura média, peso médio. Ele tinha um caso sério de medianice.

Os olhos também eram castanhos, que é a cor de olhos mais comum do mundo. Mas havia algo mais naqueles olhos: eram olhos atentos. Mack não deixava muitas coisas passarem despercebidas.

Mack notava como as pessoas olhavam para ele, mas também percebia como olhavam umas para as outras, como olhavam para as coisas, e até mesmo como olhavam para uma página impressa.

Ele percebia detalhes na forma como as pessoas se vestiam, como se movimentavam, como falavam, como cortavam as unhas, como seguravam suas mochilas. Ele percebia muitas coisas.

O hábito de perceber coisas era útil para o hobby de Mack, que era provocar bullies e então fugir deles.

Apenas cinco dias antes de descobrir que teria que salvar o mundo, Mack estava preocupado, em primeiro lugar, em salvar a própria pele.

Mack estudava na Escola de Ensino Fundamental Richard Gere, em Sedona, no estado do Arizona. (Vamos lá, Beta Lutadores!) A escola tinha muitos pontos positivos, mas também tinha seu lado negativo. Era conhecida pelos vários professores excelentes, tinha aulas de ioga avançada, e algo chamado boliche não competitivo como uma das matérias eletivas.

Ela também possuía um número bastante expressivo de bullies, o que significava que eles precisavam se organizar. Então cada bully na Richard Gere tinha sua esfera de influência.

Os atletas tinham um bully, assim como os skatistas e os fashionistas. Os maconheiros tinham um bully, mas ele acabava perdendo a concentração e não se mostrava muito eficiente em aterrorizar os outros. Os nerds tinham um bully e os geeks, outro. Até os góticos tinham seu bully, embora ele estivesse com mononucleose; o bully dos emos estava cobrindo sua licença médica.

Mas havia um bully para todos governar, um bully para encontrá-los, um bully para todos trazer e na escuridão arrebentá-los. Esse bully era Stefan Marr.

Assim como Mack, Stefan estava no sétimo ano. Diferentemente de Mack, Stefan tinha 15 anos.

Stefan era enorme, loiro e bonito, com olhos muito azuis. E era assustador.

Por outro lado, Stefan não era muito bem-dotado intelectualmente. Vamos colocar dessa forma, porque o outro jeito de dizer isso seria um pouco maldoso. Mas ele era destemido. Ao passo que Mack tinha vinte e uma fobias já identificadas, Stefan não tinha nenhuma. Na verdade, o número de fobias de Stefan era negativo, pois havia algumas coisas bem assustadoras que até mesmo pessoas normais evitavam e as quais Stefan gostava de perseguir.

Quando ele via uma placa dizendo "Cuidado com o cão", o que entendia era: "Vá em frente, pode entrar!"

Naquele dia em particular, uma quarta-feira de outubro, Mack teve uma briga com Stefan que mudaria a vida dos dois.

O problema começou com Horace Washington III, um garoto que Mack conhecia e de quem até gostava, que estava sendo apresentado à clássica pegadinha da cabeça na privada. Horace era um nerd, e portanto a pegadinha estava sendo administrada por Matthew Morgan, o bully dos nerds. Matthew era habilmente assistido por sua parceira frequente, Camaro Angianelli. Camaro nunca havia superado o fato de ter sido batizada em homenagem ao carro favorito do pai, e expressava sua sensibilidade fazendo bullying com os geeks.

Tecnicamente falando, Camaro não deveria estar no banheiro dos meninos, mas a última pessoa que tinha verbalizado essa observação agora estava fazendo suas refeições com um canudinho.

De qualquer maneira, Matthew e Camaro estavam segurando Horace de pernas para o ar. A cabeça do garoto estava no vaso, as coisas estavam caindo dos bolsos dele, porém Horace não parava de se mexer e, considerando que não era dos mais magrinhos, os dois bullies não estavam conseguindo alcançar o botão da descarga. Então, percebendo que havia mais uma pessoa no banheiro, pediram ajuda.

Mack abriu a porta da cabine e viu o problema de imediato.

— A descarga é automática — observou.

— Dã, a gente não é idiota — disse Matthew.

— Então vocês precisam afastar o Horace do vaso para que a descarga seja ativada — explicou Mack.

— Isso iria anular o propósito da pegadinha — falou Camaro. Ela não era idiota, só maldosa.

— É — concordou Matthew, sem ter muita certeza de com que acabara de concordar.

— Tem um botão para dar a descarga manualmente — disse Camaro, tentando segurar melhor o calcanhar de Horace.

— Verdade — concordou Mack —, mas não sei por que eu deveria ajudar vocês a torturar Horace.

— Porque se não ajudar vamos quebrar sua cara — disse Matthew.

Esse seria o momento no qual uma criança sensata teria dito "Faz sentido" e apertaria o botão da descarga. Mas Mack nunca havia sido considerado um garoto sensato. O que ele tinha era uma antipatia natural por bullies.

Então disse:

— Vocês podem tentar.

— Tentar o quê? — perguntou Matthew, confuso.

— Ele quer dizer — explicou Camaro, pacientemente — que podemos tentar quebrar a cara dele. Está sugerindo que não vamos conseguir quebrar a cara dele. — Camaro era uma garota bonita, se você gostasse do tipo levantadora de pesos, com zero por cento de gordura corporal, elegante e assustadora. — Perceba — continuou ela, na maneira pedante que a tornava perfeita para aterrorizar os geeks —, ele está tentando nos enganar para colocarmos Horace no chão e corrermos atrás dele.

Mack assentiu, aceitando a verdade.

— Você me conhece tão bem.

— Mack, Mack, Mack... — disse Camaro. — Você é fofo.

— Sou mesmo.

— Não quero quebrar a sua cara — admitiu ela. — Então por que você não sai correndo?

Mack suspirou.

— Certo. Mas vou levar isso comigo. — Ele se abaixou e pegou a mochila de Matthew. Estava surpreendentemente leve, já que não continha nenhum livro; só um pacote de balas de alcaçuz, uma lata de refrigerante e um nunchaku.

Isso Matthew entendeu. Soltou Horace, o que fez com que todo o peso do garoto recaísse em Camaro, que era forte, mas nem tanto. Horace caiu de cara no vaso, mas a descarga não foi ativada. Matthew deu um pulo, porém Mack foi mais rápido.

Ele já estava do lado de fora, seguindo veloz pelo corredor, com Matthew perseguindo-o com dificuldade.

O tempo estava a favor de Mack. (Ele, é claro, tinha observado as horas no relógio na parede.) O sinal bateu, encerrando o dia letivo, e crianças tomaram os corredores, deixando as salas como balas saindo de uma espingarda.

Mack abriu a mochila de Matthew, espalhando as balas de alcaçuz pelos corredores lotados de crianças frenéticas. Ele tinha uma planta detalhada da escola na cabeça. Sabia onde ficava cada porta, cada armário, cada escaninho. Sabia quais ficavam abertos, quais saídas tinham alarmes e onde poderia encontrar uma janela aberta.

Não estava muito preocupado se Matthew ou Camaro (que havia se juntado à perseguição) conseguiriam pegá-lo de fato. Cortou caminho pelo laboratório de química e passou pela outra porta para o laboratório antigo, que estava sendo reformado depois de uma infeliz explosão. Mack viu uma escada, e a bandeja de tinta apoiada lá em cima. Ele colocou a mochila de Matthew bem no pé da escada.

As janelas abertas permitiram a ventilação, e os pintores estavam fazendo uma pausa lá fora. Mack pulou pela janela no exato instante em que Matthew entrou correndo no primeiro laboratório.

Mack ficou agachado do lado de fora, longe do campo de visão, porém ainda sendo capaz de ouvir, e aguardou.

— Ei! — gritou Matthew.

Pausa.

Mack ouviu os joelhos de Matthew estalando quando o garoto se abaixou para pegar a mochila.

E então... *thunc*! O barulho de coisas caindo, de líquido se espalhando e um grito de dor.

— Argh! — berrou Matthew.

Mack sabia que não deveria arriscar, mas o fez de qualquer jeito. Deu uma olhadinha. A cabeça de Matthew estava coberta de tinta amarelo-clara, que escorria pelo rosto e entrava na boca aberta de raiva.

Camaro estava a meio passo de Matthew, e assim que viu Mack saiu correndo para alcançá-lo.

Do outro lado do pátio, entre os prédios A e C, Mack encontrou uma porta aberta. Lá dentro havia um grupo de crianças bem parecido com o que havia ficado para trás, e ele teve que se esforçar para atravessar o fluxo, na intenção de fugir pela porta no outro extremo, a que levava à quadra de esportes.

Então, para seu pavor, Mack viu um gigante loiro entrando por aquela porta.

Não havia maneira de saber se Stefan Marr estaria vindo da educação física, por ter esquecido suas roupas de ginástica, que precisavam (muito) ser levadas para casa para ser lavadas.

Você vai ter que blefar, Mack pensou.

Ele sorriu para Stefan e continuou a andar calmamente. Mais três metros, e ele estaria a salvo. Stefan nem sabia que Mack estava fugindo.

Mas então a voz de Camaro, um rugido rouco, ergueu-se além do burburinho feliz dos alunos.

— Emergência de bullying! — gritou. — Declaro uma emergência de bullying!

Mack arregalou os olhos.

Stefan semicerrou os olhos.

Mack saltou para a porta, mas Stefan não era um daqueles caras grandões meio lerdos e esquisitos. Ele era um daqueles caras grandões velozes como uma cobra.

Uma pata gigantesca agarrou a camiseta de Mack, e de repente seus pés não estavam mais em contato com o chão.

Mack correu no ar como o Coiote dos desenhos, mas o efeito foi mais cômico do que eficiente.

Em um segundo, Camaro e um Matthew pingando de tinta estavam lá.

— Emergência de bullying? — perguntou Stefan. — Vocês dois não conseguem dar conta deste pirralho?

— Olha só o que ele fez comigo! — exclamou Matthew, ultrajado.

— Você sabe quais são as regras — disse Camaro a Stefan. — Nós dominamos pelo medo. Uma ameaça a um de nós é uma ameaça a todos.

Stefan assentiu.

— Ahn.

A palavra "ahn" era mais ou menos um terço do vocabulário de Stefan. Podia significar muitas coisas, mas nesse caso significava: "Sim, concordo que você declarou apropriadamente uma emergência de bullying, na qual todos os bullies devem se unir para confrontar uma ameaça em comum."

— Melhor juntar todo mundo — disse Stefan. — O de sempre.

"Todo mundo" significava todos os outros bullies. "O de sempre" significava o local usual: a lixeira atrás da quadra de esportes, do lado da cerca.

— Eu vou acabar com a sua cara! — gritou Matthew. Para enfatizar, ele enfiou o dedo pingando de tinta amarelo--clara no rosto de Mack.

— A cara dele não — disse Camaro. — Eu gosto da cara dele.

Matthew e Camaro foram procurar os outros bullies, enquanto Stefan, parecendo mais cansado do que motivado, enfiava seu short de ginástica suado na boca de Mack e o arrastava para fora.

Esse era o momento em que Mack devia ter começado a implorar, chorar, negociar. Mas o estranho sobre Mack é que, embora ele tivesse medo de marionetes, tubarões, oceanos, injeções, aranhas, dentistas, fogo, pôneis *Shetland*, secadores de cabelo, asteroides, balões de ar, queijo mofado, tornados, mosquitos, tomadas elétricas, morcegos (eles voam e sugam seu sangue), barbas, bebês, do medo em si e especialmente de ser enterrado vivo, ele não tinha medo de problemas reais e verdadeiros.

O que, se você for pensar bem, é o que faz com que heróis e aqueles em volta deles acabem mortos.

Dois

MUITO, MUITO TEMPO ATRÁS...

Grimluk tinha 12 anos. Como a maioria das pessoas de 12 anos, ele tinha um emprego, um bebê, duas esposas e uma vaca.

Não. Não, espere, isso não é verdade. Ele tinha uma esposa e duas vacas.

A esposa de Grimluk se chamava Gelidberry. O nome do bebê ainda não tinha sido escolhido. Escolher nomes era muito importante na aldeia de Grimluk. Não havia muita diversão por lá, então quando os aldeões tinham algo para ocupar suas mentes além de ralar naquela vida infeliz, eles aproveitavam a oportunidade.

As vacas também não tinham nomes, pelo menos não que Grimluk soubesse.

Os cinco — Grimluk, Gelidberry, bebê, vaca e vaca — viviam em uma pequena, porém confortável, casa de aldeia em uma clareira no meio de uma floresta de árvores muito altas.

Na clareira os aldeões plantavam grão-de-bico. Grão-de-bico é o principal ingrediente para preparar *hummus*, mas ainda levaria milhares de anos para descobrirem o *hummus*. Por enquanto os fazendeiros de grão-de-bico plantavam, regavam e colhiam grão-de-bico. A dieta da aldeia era composta de noventa por cento de grão-de-bico, oito por cento de leite — produzido por vaca e vaca — e dois por cento de rato.

Embora, verdade seja dita, nenhum dos aldeões fosse capaz de calcular essas porcentagens. Matemática não era o forte dos aldeões, que, além de não serem matemáticos prodígios, também eram iletrados.

Grimluk era um dos poucos homens na aldeia que não estava envolvido na plantação de grão-de-bico. Por ser rápido e incansável, ele tinha sido escolhido como o puxador de cavalo do barão. Era uma honra muito grande, e o trabalho era muito bem pago (uma cesta grande de grão-de-bico por semana, um rato gordo e um par de sandálias por ano). Grimluk não era rico, mas tinha uma vida boa; estava indo bem. Não podia reclamar.

Até que...

Um dia, Grimluk estava puxando o cavalo de seu mestre quando viu um sujeito suspeito e fugidio que, a julgar por suas roupas cor de lama marrom-*clara* em vez da boa e velha lama marrom-*escura*, não era daquela região.

— Mestre! — exclamou Grimluk. — Um estranho.

O barão — um homem com mais barba do que cabelo — se contorceu ao máximo para enxergar o estranho em questão. Foi difícil porque o barão estava sentado de frente para o rabo do cavalo, mas até que ele conseguiu fazê-lo sem cair.

— Não conheço o sujeito. Pergunte-lhe o nome e função.

Grimluk esperou até que o estranho se aproximasse, trotando com dificuldade pela trilha estreita da floresta. Então perguntou:

— Sujeito? Meu mestre quer saber seu nome e função.

— Meu nome é Sporda. E minha função é fugir. Sou um fugitivo em tempo integral. Se você tivesse algum bom senso, se juntaria a mim nesse negócio. — Ele lançou um olhar cheio de significado por cima do ombro.

— Pergunte ao sujeito por que ele está fugindo, e por que nós deveríamos fugir — exigiu o barão.

O estranho tinha sido educado o suficiente para fingir não ter ouvido a pergunta do barão, e esperou pacientemente até que Grimluk a repetisse.

Então o estranho disse as palavras que assombrariam Grimluk pelo restante de sua longuíssima vida:

— Estou fugindo da... da... Rainha Branca.

O barão levou um susto e escorregou do cavalo.

— A...

— A... — repetiu Grimluk.

— A... Rainha... — disse o barão.

— A... Rainha... — repetiu Grimluk.

— Não... não, não pode...

— Não... — disse Grimluk, se esforçando ao máximo para copiar o horror e a palidez do barão. — Não, não pode...

O barão não conseguiu dizer mais nada. Portanto Grimluk não disse mais nada.

Somente Sporda tinha algo mais a dizer, e suas palavras também mudaram a vida de Grimluk:

— Sabe, se seu mestre se sentasse ao contrário, de frente para a cabeça do cavalo, em vez de encarar a cauda... ele não precisaria de você para puxá-lo.

Em menos tempo do que o necessário para um galo convocar o sol da manhã, Grimluk tinha perdido seu emprego como puxador de cavalo e tinha sido forçado a mudar para uma carreira bem menos lucrativa: a de fugitivo.

Três

Então, de volta ao presente, Mack estava esperando para ter a cara arrebentada. Stefan ainda segurava a camiseta dele com seu punho de ferro e fazia questão de manter suas roupas de ginástica nojentas na boca do garoto.

Chegaram, então, ao lugar de sempre. A grande lixeira verde. A cerca de arame. A parede dos fundos da quadra de esportes, com seus tijolos de cimento. O piso de asfalto. Nada de professores, policiais, diretores, pais ou super--heróis à vista.

Mack ia levar uma surra. Não seria a primeira vez, mas seria a primeira do sétimo ano. Um mês de aulas e ele já estava nas garras de Stefan Marr.

— Estou com sede — disse Stefan.

— Mmm hngh nggg uhh hmmmhng — sugeriu Mack.

— Não, tudo bem — falou Stefan. — Acho que isso não vai demorar muito.

E com certeza Matthew e Camaro tinham conseguido reunir os bullies disponíveis da Richard Gere rapidamente.

Seis garotos e Camaro caminhavam em direção a eles com passos determinados e raivosos.

Mack só tinha uma única rota de fuga possível. Havia uma saída de incêndio nos fundos da quadra, com um visor de vidro fumê reforçado. Não era possível ver nada através daquele vidro, mas Mack sabia que as líderes de torcida estavam treinando logo do outro lado da porta.

Também sabia que aquela saída devia ficar sempre trancada, mas às vezes o treinador Jeter deixava a porta aberta e desligava o alarme, de modo que pudesse dar umas saidinhas entre as aulas e fumar no beco.

Mack só tinha uma chance.

Ele esperou, reuniu suas forças e se concentrou. Depois relaxou o corpo, quase desabando, e, no segundo que Stefan levou para mudar de posição, Mack se lançou para a frente.

Sua camiseta se rasgou em um único pedaço, deixando a gola para trás.

Mack estava livre.

Três passos para chegar à porta. Um, dois, três! Ele agarrou a maçaneta e puxou-a com força.

A porta não abriu.

Mack sentiu um movimento às suas costas e girou. O punho de Stefan estava chegando à toda e Mack se abaixou.

Crash!

— Aaaaaah! — gritou Stefan.

Mack deu um pulo para o lado, tropeçando e meio sem jeito, mas não caiu. Balançou os braços para se equilibrar e conseguir firmar os pés no chão.

Foi então que viu o vidro destroçado e cheio de manchas vermelhas.

O punho de Stefan tinha atravessado a janela, e havia um corte de uns dez centímetros no braço do garoto, parecendo uma boca vermelha, jorrando sangue.

Os outros bullies congelaram.

Stefan observava o corte no braço com uma mistura de fascínio e horror.

Os bullies hesitaram, quase optaram por continuar se aproximando, mas então, com uma análise sensata dos riscos que aquela situação trazia, resolveram que era hora de fugir.

Deram meia-volta e correram, gritando e fazendo ameaças por sobre os ombros.

Stefan tentou usar a mão esquerda para estancar o sangue.

— Ahn — falou.

— Uau — murmurou Mack, com a boca cheia de short.

— Eu meio que tô sangrando — observou Stefan, e então se sentou rápido demais, com força demais. Mack percebeu que não era um machucadinho qualquer, dolorido porém providencial. Havia sangue demais escorrendo do braço de Stefan, e já formava uma poça no chão; uma pequena piscina crescia em torno de uma embalagem vazia de chocolate.

O rei dos bullies tentou se levantar, mas seu corpo não estava funcionando muito bem, ou era o que parecia, então ele continuou sentado.

Mack observava, estarrecido. Em parte, morria de medo de estar prestes a desenvolver uma fobia inteiramente nova: hematofobia, medo de sangue.

Seria fácil escapar, e Mack pensou seriamente em correr.

Em vez disso, ele cuspiu o short e ajoelhou-se sobre Stefan, que estava sentado.

— Deita — falou.

Como o garoto não pareceu entender o pedido, Mack empurrou-o, não muito gentilmente, para que se deitasse de costas. Depois, usando a mão esquerda, apertou o ferimento com força, o que foi muito desagradável. O fluxo de sangue diminuiu, mas não parou.

Com a mão livre, Mack pegou a camiseta cheirosa e amarrou-a meio sem jeito ao redor do bíceps gigantesco de Stefan. Deu o nó com força, tudo enquanto mantinha a pressão no ferimento sangrento.

O fluxo de sangue diminuiu ainda mais.

— Não vou conseguir conter isso. Precisamos de ajuda — disse Mack.

Stefan piscou várias vezes demonstrando o que certamente seria uma compreensão temporária da palavra *nós*.

É uma palavra poderosa essa, *nós*.

— Você tem celular? — perguntou Mack. Telefones celulares eram proibidos na escola, o que significava que só dois terços dos alunos andavam com os seus.

Stefan assentiu. Sua expressão, que nunca fora exatamente animada, estava ainda mais vazia do que o normal. O garoto indicou o bolso da calça com um aceno de cabeça.

— Certo. Você tem que segurar esse torniquete com força, tudo bem? — pediu Mack, mas, vendo o olhar vago do outro, explicou: — A camiseta. Puxe o nó com a mão esquerda. Puxe com força.

Stefan conseguiu fazer o que ele pediu, mas de maneira débil. Mack percebeu que seus dedos estavam atrapalhados, mexendo-se sem jeito. Sua força estava se esvaindo.

Mack arrancou o celular do bolso de Stefan e discou o número da emergência.

— Alô, qual a emergência? — perguntou uma voz entediada.

— Tem um garoto de nove anos sangrando à beça aqui — respondeu Mack.

— Nove anos? — questionou Stefan, como se não tivesse total certeza de que aquilo não era verdade.

— O atendimento de emergência vai vir mais rápido se o ferido for uma criança e não um adolescente — explicou Mack, cobrindo o bocal do telefone. — Agora fique quieto.

Levou oito minutos para que a ambulância chegasse, o que, no fim das contas, quase não foi rápido o bastante.

Depois que os enfermeiros levaram Stefan para o hospital, Mack foi para casa sem ser importunado por mais nenhum bully, provavelmente porque estava sem camisa, só com a gola da camiseta destruída em volta do pescoço, e com os braços vermelhos de sangue até os cotovelos. Esse tipo de modelito tende a fazer com que as pessoas evitem você.

O pai de Mack estava em casa quando o garoto entrou pela porta dos fundos, e olhava fixamente para o interior da geladeira, parecendo estar só esperando algo muito legal aparecer, caso persistisse em sua busca.

— E aí, carinha — cumprimentou ele.

— Oi, pai — retrucou Mack.

— Como foi a escola?

— Hunf — soltou o menino. — Daquele jeito de sempre.

— É, sei bem como é — concordou o pai, sem erguer os olhos.

Mack seguiu em direção às escadas, para o chuveiro.

Quatro

Vamos pular a parte em que Stefan perdeu quase um litro de sangue. E a parte em que o médico lhe contou que ele poderia ter morrido.

Vamos pular a parte em que a mente de Stefan analisou devagar a situação, tentando compreender o fato de que ele chegara bem perto de morrer aos 15 anos.

E, enquanto fazemos isso, vamos pular a parte em que o pai de Mack nem percebeu que o filho estava coberto de sangue.

Os pais de Mack não prestavam muita atenção nele.

Isso não era triste ou trágico, na verdade. Eles não eram pais ruins. Era só que, em algum momento, eles tinham desistido de tentar entender o filho.

Mack tinha uma ou outra fobia desde os quatro anos. Sua mãe tentara conversar com ele muitas, muitas, muitas (muitas) vezes e aplacar seus medos irracionais. O pai também tinha tentado. Às vezes os dois tentavam ao mesmo tempo. E às vezes tentavam os dois e o conselheiro da escola.

E um padre. E um psiquiatra. Dois psiquiatras. Dois psiquiatras, dois pais, um padre, um conselheiro escolar. Mas nunca foram muito bem-sucedidos na empreitada.

Quando não estavam tentando fazer com que Mack parasse de ter medo de coisas que não eram realmente assustadoras, os pais tentavam convencê-lo a ter medo das coisas que ele deveria temer de verdade.

Coisas como bullying, por exemplo.

O garoto não tinha bom senso. Isso era óbvio para os pais dele e para todo mundo. O garoto simplesmente não tinha bom senso.

Por isso, com o passar do tempo, os pais de Mack aprenderam a se manter a distância. Eles lhe davam espaço. O que ele achava bom... na maior parte das vezes.

Mack presumiu que, quando voltasse à escola, Stefan teria que demonstrar o quanto era durão dando-lhe uma bela surra. O lado bom era que, como estavam esperando pelo tal banho de sangue épico, os outros bullies estavam deixando Mack em paz. Ou talvez fosse porque Stefan poderia ficar irritado com qualquer outro bully que tivesse a presunção de bater em Mack antes dele. Ninguém queria negar a Stefan seus plenos direitos.

Então, a curto prazo, as coisas seguiram bem para Mack nos dias após o Massacre da Quarta-Feira (como o incidente ficou conhecido).

Stefan não voltou à escola na quinta nem na sexta.

— Talvez ele tenha batido as botas, afinal — disse Mack para si na sexta-feira. — E isso seria horrível. Sim, seria horrível.

Mas quando a segunda-feira chegou, sua esperança repleta de culpa foi destruída.

Stefan com certeza não estava morto. Tinha um curativo enorme no braço, gaze branca enrolada em algo que parecia teia de aranha. Isso não importava, porém: Stefan não precisaria dos dois braços para assassinar Mack.

Foi um momento bem assustador quando Mack ergueu os olhos e viu a expressão vazia de Stefan no final do corredor cheio de crianças naquela fatídica segunda-feira.

Foi assustador para Mack e para os poucos alunos que se consideravam seus amigos. Mas todas as outras crianças estavam muito animadas. Aquele era o momento mais aguardado da história da Escola de Ensino Fundamental Richard Gere. Imagine o grau de expectativa resultante do lançamento simultâneo de um filme do Homem de Ferro, de um volume totalmente novo da série Harry Potter e dos álbuns das três bandas mais populares do momento, tudo envolto em um único momento de felicidade e tensão. Um momento "ai meu Deus, mal posso esperar para ver isso!".

Os alunos viram Mack pisar no corredor.

Viram que Stefan também estava no corredor.

Todos se afastaram magicamente, criando um espaço livre no meio, como se fossem fios de cabelo e alguém tivesse passado um pente bem ali.

Abriu-se um espaço, foi isso. Crianças apertadas contra os armários à esquerda. Crianças apertadas contra os armários à direita. E todas elas inacreditavelmente animadas.

Mack sentiu um bolo na garganta. Estava empolgado, também, embora, é claro, de uma forma bem diferente. Estava empolgado de um jeito que tinha mais a ver com o pensamento: "Então, será que realmente existe vida após a morte?" Essa era a empolgação que ele estava sentindo.

Devo correr, perguntou-se Mack.

E então suspirou. *Não. Não faria diferença, faria?* Ninguém respondeu, então ele mesmo o fez. *É melhor simplesmente levar minha surra aqui mesmo.*

Se Stefan o espancasse ali no corredor, provavelmente algum professor interferiria. Mais cedo ou mais tarde.

Então Mack aprumou os ombros. Ajeitou a camisa. Alongou o pescoço um pouco, relaxando a musculatura. Não ia vencer aquela luta, mas ia tentar.

Stefan seguiu diretamente em direção a Mack, os bíceps grandes demais mal cabendo nas mangas da camiseta. Ele tinha o peitoral musculoso. Tinha músculos no pescoço. Tinha músculos em todos os lugares, ao passo que tudo que Mack possuía eram gordurinhas macias e molengas.

Mack caminhou até Stefan e, rapaz, dava para ouvir um alfinete caindo. E com certeza todo mundo ouviu quando Santiago deixou seu fichário cair, fazendo todos pularem de susto e então rirem — o que só fez aumentar a ansiedade, porque agora havia um quê de cômico na situação.

Stefan parou a um metro e meio de Mack.

E, naquele momento, um homem muito, muito velho, vestindo um roupão preto com um capuz que quase lhe cobria o rosto — um homem que, Mack não pôde deixar de notar, cheirava a uma péssima combinação de chulé, latas de lixo e carne ensopada —, surgiu do nada.

"Surgiu" significava "Não estava ali", seguido imediatamente por um "Estava ali".

— *Ret click-ur!*

Foi o que a aparição gritou. E, não, não fazia o menor sentido.

Estranhamente, todas as crianças no corredor — exceto Mack e Stefan — foram banhadas por uma luz muito brilhante. Era como a luz de um banheiro em um terminal rodoviário. Espere, você provavelmente nunca esteve em um banheiro de terminal rodoviário (sorte sua), então imagine como seria se você flutuasse até o teto de um supermercado e enfiasse a cara em uma daquelas lâmpadas extrafortes.

Era uma luz brilhante e estranha, de uma cor que parecia apagar todos os sinais de vida nos rostos daquelas crianças normais.

— Espere! — disse o velho com uma voz rouca, chorosa e ameaçadora.

Então ergueu uma das mãos, cheia de rugas e manchas de idade. As unhas eram longas e amarelas. As cutículas, esverdeadas, e não de um verde alegre, como o de um campo florido, e sim verde-mofo tipo "ai-que-nojo-alguma-coisa--está-crescendo-nesse-sanduíche".

A aparição envelhecida, com seu cheiro desagradável e unhas verdes, olhou fixamente para o nada. Não para Mack. Não para Stefan. Talvez porque seus olhos fossem como bolas de gude azuis translúcidas. Não azuis, com um pontinho preto no meio e um monte de branco em volta, mas um tipo de azul manchado que cobria a íris, a pupila e todas as outras partes do olho. Era como se no início o velho possuísse olhos azuis normais, mas depois eles tivessem sido batidos no liquidificador e então derramados de volta nas órbitas.

Mack congelou.

Stefan, não. Ele franziu a testa para o velho e disse:

— Sai daí, velhote.

— Não toques neste Magnifica — falou o velho. Então se pôs entre Mack e Stefan e abriu bem os braços.

Daí baixou os braços de novo, parecendo cansado demais para mantê-los no alto.

— *Fie-ma (snif) noyz or stib!*

Ou pelo menos foi isso que Mack entendeu. Foi assim que lhe soou.

De repente, Stefan começou a apertar o próprio peito como se houvesse alguma coisa muito errada ali dentro. Seu rosto começou a ficar vermelho. Ele não parecia estar respirando muito bem, se é que estava respirando.

— Ei! — gritou Mack.

Stefan com certeza não parecia nada bem.

— Ei, ei, ei! — protestou Mack. Ele tinha algumas perguntas para o velho, começando por: "Quem é você? De onde você veio? Como você simplesmente apareceu aqui?" E até mesmo: "Que diabo de cheiro é esse?" Mas nenhuma delas era tão urgente quanto a pergunta que ele fez de fato:

— Ei! O que você está fazendo com ele?

O velho ergueu as sobrancelhas e virou-se para Mack. Seus estranhos olhos azuis estavam virados para ele, embora não parecessem vê-lo.

— Machucá-lo ele não deve.

— Tudo bem, Yoda, mas ele não está respirando!

O velho deu de ombros.

— Não se preocupe. Minhas forças falham.

E, realmente, Stefan tossiu e tomou fôlego como uma criança que tinha acabado de sair da parte funda da piscina com muito esforço.

O velho piscou, parecendo perplexo. Perdido. Talvez confuso.

— Desvaneço-me. — O velho suspirou, os ombros caídos. — Enfraqueço-me. Retornarei quando for capaz. — Então, com um arquejo, completou: — Minha cabeça dói.

Aí desapareceu, tão repentinamente quanto tinha aparecido.

O cheiro sumiu com ele, assim como a luz.

De repente as outras crianças estavam se movimentando outra vez. Seus olhos pareciam reluzentes de expectativa de novo. Mack olhou para Stefan.

— Eu sei que você tem que quebrar minha cara e tudo o mais, mas, antes disso, só me diga uma coisa: você viu aquilo?

— O velhote?

— Então você viu. Uau.

— Como você fez aquilo?

— Eu não fiz — admitiu Mack, embora talvez devesse ter fingido o contrário.

— Ahn.

— É.

Os dois ficaram ali parados, refletindo sobre a coisa completamente impossível que tinha acabado de acontecer. Mack não pôde evitar notar que nenhuma das outras crianças no corredor parecia preocupada ou assustada ou até mesmo curiosa, descontando a curiosidade para saber por que Stefan ainda não tinha matado Mack.

Elas não tinham visto nada daquilo. Só Mack e Stefan.

— Eu não ia quebrar sua cara de qualquer jeito — falou Stefan.

Mack ergueu uma sobrancelha, cético.

— Por que não?

— Cara. Você salvou minha vida.

— Agora, você quer dizer?

— Uau! Então foram duas vezes. Você totalmente salvou minha vida duas vezes. Isso é tipo... o dobro de vezes. — Ele teve que pensar para se lembrar da palavra *dobro*, e pareceu muito contente consigo por conseguir.

Mack deu de ombros.

— Eu não podia deixar você sangrar até morrer, ou mesmo sufocar. Você é só um bully. Não significa que é do mal.

— Ahn — retrucou Stefan.

— Acaba logo com ele! — gritou Matthew. Ele tinha tolerado aquela conversa estranha por tempo o suficiente. Aguardara pacientemente por aquele momento, afinal de contas, que o rei dos bullies massacrasse o garoto que o deixara coberto de tinta amarela.

Uns pontinhos amarelos ainda persistiam nas dobras do pescoço e nas orelhas de Matthew.

Stefan pensou naquilo por um instante. Então falou as palavras que atravessaram todo o corpo discente da Escola de Ensino Fundamental Richard Gere:

— Ó — disse. — Olha só. MacAvoy tá comigo.

— Mentira! — gritou Matthew com raiva.

Stefan deu dois passos. Seu rosto estava tão perto do de Matthew que alguém que não entendesse a situação poderia pensar que os dois iam se beijar.

Isso não ia acontecer de jeito nenhum.

Em vez disso, Stefan repetiu o que tinha dito, lentamente, palavra por palavra.

— Ele. Tá. Comigo.

E esse foi o ponto final.

Cinco

MUITO, MUITO TEMPO ATRÁS...

Então Grimluk, de apenas 12 anos, pegou a estrada, como fugitivo. Ele não tinha muita certeza de por que deveria fugir da Rainha Branca, mas sabia que era isso que as pessoas faziam. E naqueles tempos muito antigos, pessoas espertas não faziam muitas perguntas quando ouviam que havia problemas a caminho.

Grimluk reuniu Gelidberry, o bebê ainda sem nome e as vacas, e caiu na estrada.

Carregavam consigo suas posses mais preciosas:

- Um colchão fino, feito de palha e penas de pombo, que continha aproximadamente oitenta mil percevejos — embora Grimluk não fosse capaz de conceber um número tão grande;
- Um pedaço de argila no formato de uma mulher gorda com uma boca gigante que era a deusa da família, Gordia;

- Uma machadinha com uma pedra de afiar;
- Uma panela com um pegador de metal de verdade (o bem mais valioso da família, e uma das razões da inveja dos outros aldeões para com Grimluk, que achavam que a família era meio metida à besta);
- Uma garrafa de cerveja forte, uma bebida feita de leite fermentado e suor de vaca, aromatizada com urtiga;
- Um conjunto para fazer fogo, contendo uma pedra, uma lasca de aço arrancada da espada do barão, e um punhadinho de grama seca;
- O kit de costura de Gelidberry, composto por um espinho com um furo na ponta, um carretel cheio de fio feito de pelo de rabo de vaca, e um retalho de lã de quinze centímetros quadrados;
- A colher da família.

Além disso, eles tinham as roupas do corpo, os sapatos, as capas, o cobertor do bebê, muitos piolhos, pulgas e carrapatos, e uma boa quantidade de sujeira encrostada e suor.

— Não acredito que juntamos tanta tralha — reclamou Grimluk. — Queria seguir com pouco peso.

— Você é um homem de família — retrucou Gelidberry. — Não um garotinho despreocupado de 9 anos. Você tem responsabilidades, sabia?

— Ah, eu sei — resmungou Grimluk. — Pode acreditar, eu sei.

— Indique o caminho e vamos nessa — falou ela, rangendo os dentes. Gelidberry tinha seis dentes, então fazer isso era ironizar Grimluk um pouco, pois ele só tinha cinco.

— A Rainha Branca vem da direção do sol poente. Temos que ir para a direção oposta.

Então eles seguiram em direção ao sol nascente, o que foi bem difícil considerando que, no meio da floresta, era raro ver o sol.

Eles caminharam com as vacas e se alternaram na hora de carregar o bebê. O colchão estava amarrado a uma das vacas, enquanto a outra levava a panela.

À noite, estenderam o colchão no chão coberto de agulhas de pinheiro. Os três se apertaram para dormir, bem confortáveis porque ainda era a estação do calor.

Levantavam-se todos os dias ao nascer do sol. Ordenhavam as vacas e bebiam o leite. Às vezes Grimluk conseguia matar um gambá ou um esquilo com a machadinha, então Gelidberry acendia a fogueira, cozinhava a carne na panela e comiam compartilhando da mesma colher.

De vez em quando eles encontravam outras famílias em fuga. Os fugitivos trocavam informações sobre o paradeiro da Rainha Branca. Era óbvio que ela estava se aproximando. Alguns fugitivos haviam encontrado elementos dos exércitos da Rainha. Era fácil perceber quem havia tido esse azar porque eles nem sempre possuíam o número total de braços (dois) ou de pernas (também duas). Muitos tinham cicatrizes recentes ou ferimentos terríveis.

Obviamente, fugir era necessário, mas Grimluk ainda não tinha ideia de quem era a Rainha Branca, ou o que ela pretendia. Nenhum dos outros fugitivos que ele conhecera a tinha visto.

Outra forma de dizer isso era que aqueles que tinham visto a Rainha Branca não tinham mais a possibilidade de fugir ou de contar qualquer coisa.

Por acaso, porém, na quinta noite da família na floresta, Grimluk conseguiu compreender melhor do que ou de quem estava fugindo.

Grimluk estivera caçando na floresta, armado com sua machadinha. A floresta era um lugar assustador, cheia de lobos e lobisomens, espíritos e gnomos, árvores comedoras de carne e arbustos arranhadores de pele.

A floresta era escura. Mesmo durante o dia era escura, mas à noite a escuridão sob as copas das árvores era tão densa que ele não era possível enxergar uma machadinha nas próprias mãos. Ou suas mãos. E que dirá galhos caídos, raízes retorcidas, tocas de roedores e pedras mal colocadas.

Grimluk tropeçava com frequência, e as chances de encontrar um animal para acertar com a machadinha eram bem poucas. Nulas, na verdade. Mas os dentes do bebê estavam nascendo e ele não parava de chorar. Grimluk odiava tanto aquele choro constante que até a floresta à noite parecia uma opção melhor.

Ao tatear o caminho cuidadosamente na escuridão quase total, ele viu luz adiante. Não era a luz do sol nem nada tão claro, somente um lugar em que a luz das estrelas conseguia chegar ao chão da floresta.

Ele seguiu em direção àquela luz prateada, pensando: *Ei, talvez eu encontre um gambá finalmente. Aí vou poder esfregar isso na cara de Gelidberry.*

Não o gambá, mas o fato de que ele ter encontrado algo para comer. Era isso que ele esfregaria na cara dela. Gelidberry o havia acusado de só fingir que ia caçar para poder fugir do choro incessante.

Grimluk esperava encontrar uma clareira, mas as árvores não pareciam mais espaçadas. Em vez disso, ele percebeu que o terreno parecia um declive. Quanto mais descia, mais claro ficava. Logo dava para ver os galhos de salgueiro que batiam em seu rosto e discernir algumas das pedras maiores que lhe machucavam os pés.

— O que é isso aqui? — perguntou-se em voz alta, acalmando-se com o som da própria voz.

Ele ouviu algo adiante e parou. Prestou bastante atenção e tentou enxergar algo sob a luz difusa.

Aproximou-se, da forma mais silenciosa possível, então agachou-se e chegou ainda mais perto, segurando o cabo da machadinha com força para se acalmar.

Grimluk foi chegando cada vez mais perto, como se não conseguisse evitar. Como se a luz o estivesse atraindo para frente.

Então...

Snap!

O som veio de trás dele. Grimluk girou e observou a escuridão com atenção. Era tarde demais para voltar agora — havia algo ali.

Havia um horror desconhecido atrás dele e uma luz que parecia ainda mais assustadora à frente. Grimluk se deitou no chão da floresta e tentou ficar o mais quieto possível.

Com certeza havia algo se movendo atrás dele, e estava cada vez mais próximo. Algo grande demais para ser um delicioso gambá.

Grimluk desejou com todo o coração estar de volta ao seu pequeno acampamento, com o bebê chorão sem nome e Gelidberry e as vacas. O que aconteceria a eles caso Grimluk não voltasse?

Ele se arrastava, de bruços, fugindo do som que se aproximava, em direção à luz, descendo cada vez mais.

Ali! Mais adiante na clareira... uma garota!

Ela era linda. Linda como Grimluk nunca vira ou imaginara. De uma beleza que não podia ser real.

Talvez tivesse a idade dele, embora sua pele pálida e perfeita tivesse um viço atípico. Seu cabelo era vermelho e bagunçado, com longos cachos que pareciam se movimentar por conta própria, balançando e torcendo-se.

Os olhos eram verdes e brilhavam com uma luz interior que perfurou a alma de Grimluk.

A garota tinha uma boca séria, lábios vermelhos e carnudos, e mais dentes que Grimluk e Gelidberry juntos. Na verdade, parecia ter, milagrosamente, todos os dentes. E eles eram brancos, sem nem mesmo um toque de amarelo.

Ela usava um vestido vermelho-escuro bem justo ao corpo.

Grimluk percebeu, chocado, que a luz que vira estava vindo dela. A pele da garota brilhava. Seus olhos eram brasas verdes. Seu cabelo reluzia ao se movimentar.

— Quem está aí? — perguntou ela, e Grimluk soube, nas profundezas da sua alma, que responderia. Que se levantaria, limparia suas roupas e responderia: "Sou eu, Grimluk."

Mas também sabia que isso seria ruim. Nenhuma criatura podia ter tanta beleza, tanta luz, tanta limpeza, tantos dentes, se não fosse uma bruxa ou outro ser sobrenatural.

No momento em que Grimluk estava para se levantar, uma voz falou, vinda da escuridão atrás dele.

— Seus servos, princesa.

A voz era estrangeira, com certeza. Não simplesmente por estar falando o idioma comum com um sotaque; mas porque parecia formar sons diferentes de tudo o que poderia vir de uma boca humana.

Era uma voz seca, rouca e sussurrante, em resposta à voz fria e segura daquele ser belíssimo identificado como "princesa".

— Ah — disse a garota. — Finalmente. Vocês me deixaram esperando.

Grimluk ouviu coisas se movimentando atrás de si, mais de uma, várias, talvez até seis, ou algum outro número grande assim.

Ele se abaixou e não se mexeu. Se pudesse parar as batidas de seu coração, o teria feito. As criaturas que emergiam para o círculo de luz emitido pela perfeição da princesa eram monstros.

Eram tão altos quanto o mais alto dos homens (1,60m). Mas não eram homens.

Pareciam grandes insetos, como gafanhotos andando nas patas traseiras. Moviam-se com passos arrastados, as patas dobradas para trás e os pés como garras. Braços articulados saíam do meio do abominável corpo cor de ocre, e outro par de braços, menor que o primeiro, emergia logo abaixo do que seria o pescoço.

E as cabeças... triangulares e lisas, com olhos esbugalhados e úmidos, presos a pequenas antenas.

Eram horrendos e terríveis. No meio — aqueles afilamentos medonhos não eram cinturas — havia cintos dependurados, com uma variedade de armas de metal brilhante neles. Facas, espadas, clavas, formões, dardos, e todo o tipo de objeto feito para furar, cortar, fatiar, decepar e retalhar.

Grimluk tinha esperanças de que os seres fossem somente cozinheiros muito bem equipados, mas duvidava que fosse o caso. Eles se movimentavam com passos arrogantes, não muito diferente do jeito de andar do barão — ou assim seria se o barão fosse um gafanhoto gigantesco.

As criaturas se reuniram em torno da princesa, iluminadas pela luz que ela emitia.

Por um momento Grimluk temeu pela garota. Aqueles eram seres assustadores e desesperados, e pareciam capazes de acabar rapidamente com a beleza ruiva.

Mas a garota não demonstrou medo algum.

— Meus fiéis servos skirrits, trazem novidades da rainha, minha mãe? — perguntou ela.

— Trazemos — respondeu um dos insetos.

— Bom. Fizeram bem em me encontrar. E vou ouvir tudo o que me disserem, com atenção. Mas primeiro, tenho fome.

Tal frase causou certo rebuliço entre os skirrits.

— Fome? — indagou o líder ou porta-voz deles, ostentando o que parecia ser nervosismo para sua raça. — Agora?

— Um será suficiente — respondeu a princesa.

O capitão dos skirrits apontou os dois braços esquerdos para um de seus companheiros.

— Você ouviu a princesa.

O skirrit indicado respirou fundo e soltou um suspiro trêmulo. Então dobrou as longas pernas e se ajoelhou. Abaixou a cabeça triangular e seus olhos ficaram escuros.

Então a princesa, com sua beleza incomparável, começou a se transformar.

Seu corpo... Suas formas...

Grimluk teve que apertar a boca com as mãos para segurar o grito que queria atravessar sua garganta.

A princesa... não, a monstruosidade que ela havia se tornado — a fera má e abominável — abriu a boca esticada e horrenda e calmamente arrancou a cabeça abaixada do skirrit com uma mordida.

Um fluido verde jorrou do pescoço do inseto. O corpo sem cabeça despencou no chão com um som similar ao de gravetos caindo.

E a princesa mastigou como se tivesse colocado um ovo inteiro dentro da boca.

Grimluk correu, correu, correu, tropeçando e caindo e levantando para voltar a correr através da noite escura. Ele correu, gritando em silêncio dentro da própria mente, apavorado.

Seis

Os pais de Mack sempre perguntavam sobre o dia dele na escola, mas o garoto nunca acreditara de verdade que eles se importavam com os detalhes. Naquela noite, no jantar, Mack pôs sua teoria à prova.

— E aí, David, como foi na escola? — perguntou seu pai enquanto colocava tiras de frango no prato.

Os pais o chamavam David. Era o nome dele, é claro, o nome que eles haviam escolhido para o filho quando ele era apenas um recém-nascido melequento. Por isso Mack o tolerava.

— Um monte de coisas interessantes aconteceu hoje — respondeu Mack.

— E não diga que foi o mesmo de sempre — falou a mãe, passando o ketchup para o marido.

— Bem, definitivamente não foi o de sempre — disse Mack. — Para começar, um cara muito velho, parecendo um zumbi, congelou o espaço-tempo por um minuto.

— Como foi a prova de matemática? — questionou o pai.
— Espero que você esteja conseguindo acompanhar a turma.

— A prova não foi hoje. Foi na sexta. Hoje aconteceu o negócio com o cara zumbi quebrando as leis da física e falando uma língua que não entendi.

— Você sempre se deu muito bem nas aulas de idiomas — completou a mãe de Mack.

— Além disso, parece que agora sou o novo melhor amigo de Stefan, embora os outros dois bullies não estejam muito felizes comigo.

— Você tirou 2? — O pai franziu a testa e colocou sal no purê de batatas. — Isso não é nada bom. É melhor você começar a estudar mais.

Mack ficou olhando para o pai, abismado. Depois olhou para a mãe. Uma coisa era teorizar que os dois não o conheciam de verdade e não ouviam uma palavra do que dizia. Outra bem diferente era ver a teoria comprovada.

Isso fez Mack sentir-se um tantinho solitário, embora ele não quisesse usar essa palavra.

Depois do jantar, ele foi para o quarto e descobriu que já estava lá.

— Aaaah! — gritou Mack.

— Aaaah! — gritou Mack de volta.

Mack ficou paralisado na entrada do quarto, olhando para si sentado na beirada da cama encarando de volta o Mack parado na entrada do quarto.

Porém, observando com mais atenção, aquele não era ele. Não exatamente, de qualquer forma. O Mack sentado na beirada da cama era bem parecido com o Mack, mas havia diferenças sutis. Em primeiro lugar, o segundo Mack não tinha narinas.

Mack entrou no quarto de fininho e fechou a porta atrás de si.

— Tudo bem... Quem é você?

— David MacAvoy.

Mack não acreditaria que olhar para si mesmo poderia ser tão perturbador, mas era. Sua boca estava seca. Seu coração, acelerado. Parecia haver um apito em seus ouvidos, e não era um apito alegre; mais parecia alarmes de carro disparados.

— Certo, foi um ótimo truque — disse Mack. — Admito que um ótimo truque. Eu não estou pirando. Estou rindo com a maravilha que é esse truque. Ha, ha, ha! Viu? Eu saquei a piada.

— Ha, ha, ha! — imitou o outro Mack. Ele abriu um sorriso abaixo do nariz sem narinas, mostrando um dente branco. Não dentes. Um dente. A arcada dentária inteira era uma única superfície sólida, branca e curva.

O dois Macks se encararam por um tempo, embora o Mack número um fosse melhor nisso, considerando que os olhos do outro Mack tendiam a não apontar exatamente para o mesmo lugar. O olho direito funcionava bem, observando o rosto de Mack, cheio de confiança, mas o esquerdo parecia preferir olhar para os joelhos do garoto.

— Certo, isso é, hum... — Mack não sabia exatamente o que era aquilo. Então começou de novo. — Certo, seja lá o que for, eu gostaria que isso parasse agora. Nós dois nos divertimos. Seja lá quem você for, parabéns. Muito maneiro. Agora pode tirar a máscara.

— Máscara?

— A máscara de *eu*. Tira. Quero ver quem você realmente é.

— Ah. Você quer ver meu rosto de verdade?

— É, isso mesmo, cara. Quero ver quem você é de verdade.

O rosto, a máscara, fosse o que fosse, derreteu.

— Aaaaaaaah! — gritou Mack, e tentou desesperadamente abrir a maçaneta.

O rosto que parecia um bocado com o dele tinha se tornado mais escuro, mais massudo, mais estranho. Sujo. Na verdade, era mais que sujo: era feito de sujeira.

Mack ficou olhando para a coisa feita de lama. Era algo que uma criança faria, brincando na terra, só que em tamanho natural — e com as roupas dele.

A criatura de lama tinha boca, mas não tinha olhos. Não havia dentes naquela boca, só uma fenda horizontal.

Os dedos de Mack estavam dormentes na maçaneta. O corpo inteiro dele formigava com os estímulos que corriam por sua corrente sanguínea, mandando-o *fugir*.

Mas ele não conseguia se virar. Não conseguia parar de olhar para a cabeça e as mãos de lama. Parecia até haver pedrinhas e galhos no barro.

Quando a coisa abriu a boca, Mack jurou ter visto um pedaço de papel, do tamanho de um Post-it, enrolado como um tubinho.

— Certo. Vamos voltar para a outra cara — sussurrou Mack.

Lentamente, a lama ficou cor-de-rosa. A fenda se transformou em lábios. Olhos, parecendo glóbulos gelatinosos, se formaram no lugar certo e vagarosamente adquiriram características quase humanas. Os cabelos cresceram, de início parecendo uma erupção de minhocas saindo da terra, e então se ajeitaram e se tornaram cabelo de verdade.

Mack soltou um assovio baixinho. Não havia dúvidas de que aquela... aquela... aquela... *coisa*... tinha algo a ver com o velhote com cheiro de antiguidade.

— Eu finalmente fiquei maluco, não fiquei? — perguntou Mack. — Acho que era só uma questão de tempo.

O pensamento absurdo de que ele ainda tinha dever de casa a fazer lhe cruzou a mente. Os papéis estavam bem ali, na escrivaninha.

— Cara. Ou seja lá o que você for... Aliás, o que você é? Vamos começar por aí.

— Eu sou um golem.

— Gollum?

— Golem.

— Certo. Como se escreve isso?

O golem ergueu as sobrancelhas, o que fez com que suas pálpebras se esticassem para cima, revelando mais do que deveriam dos globos oculares.

— G-O-L-E-M.

Mack se esquivou da criatura e sentou na cadeira da escrivaninha, abriu o laptop e clicou no navegador de internet.

Ele digitou a palavra *golem* na busca do Google. A primeira página era da Wikipédia.

Mack correu os olhos pela página.

— Você é judeu? — perguntou ao golem.

— Eu sou o que você for — respondeu a criatura.

— Mas golems são uma parada judaica, pelo menos originalmente. Um ser incompleto feito de argila.

Mack estava começando a sacar a ideia de que ter um golem poderia ser bem útil. Ainda não tinha entendido muito bem como, mas estava sentindo que havia uma oportunidade ali.

— Você tem superpoderes?

O golem deu de ombros.

— Sou feito para ser você.

Mack afastou a cadeira do computador, deu um giro e apoiou os cotovelos nos joelhos.

— Por que você está aqui?

— Para te substituir.

Aquilo não soou bem.

— Hum... Como?

— Enquanto você estiver fora, vou tomar seu lugar aqui.

— Eu vou a algum lugar?

O golem sorriu, mostrando o dente assustador e o papelzinho enrolado.

— Você vai a todos os lugares.

Sete

O golem deveria passar a noite no chão, ao lado da cama de Mack. O garoto surrupiara um cobertor e um lençol extras do armário de roupas de cama no corredor. Mas quando Mack acordou na manhã seguinte, estava olhando para o golem.

Levou alguns segundos para se orientar. Mack segurou os lençóis ao redor para ter certeza de que ainda estava deitado de costas, de que estava virado para cima e de que seus olhos estavam focados na mesma direção.

O golem estava acordado também.

— Cara. Golem. Por que você está no teto?

O golem parecia estar à vontade no teto. Deitado de costas, imitava Mack, mas não diretamente acima do garoto porque havia um ventilador no caminho.

— Devo descer?

— Eu meio que acho que sim.

O golem não flutuou até o chão, nem caiu. Ele levantou, o que fez com que sua cabeça ficasse a pouco mais de trinta centímetros do rosto de Mack. Então caminhou até o canto do quarto e pisou do teto para a parede, ficando na vertical de novo. Isto é, de um jeito meio horizontal.

Ele deu um passo para o lado a fim de evitar a cômoda e pisou da parede para o chão.

— Achei que você não tivesse superpoderes — disse Mack.

O golem deu de ombros.

— Eu sou um golem.

— O que vou fazer com você, cara? — perguntou-se Mack em voz alta. — Tenho que ir para a escola. Gostaria que o velhote fedido aparecesse e explicasse o que está acontecendo.

— Velhote fedido?

— Foi ele que fez você? Um cara bem velho, com umas unhas, tipo, meio verdes?

— Eu fui feito pelo grande Grimluk.

— Gringo louco?

— Grimluk.

— Às vezes o nome é perfeito para a pessoa, sabe como é?

— Na verdade, não sei, não.

Mack suspirou. Estava tentando levar as coisas na esportiva. Estava se deixando levar. Principalmente porque achava que golems eram mais interessantes do que sua vidinha de sempre.

Não que Mack fosse infeliz. Não havia nada que o fizesse se sentir infeliz, na verdade. Ia bem na escola. Tinha um ou dois amigos, embora não considerasse nenhum deles particularmente íntimo. Mas eles se cumprimentavam quando passavam, e às vezes curtiam juntos os sábados e jogavam bola.

Ele tinha pais que não eram ruins, amigos que meio que gostavam dele, professores que não eram horríveis, uma bela casa, um bom quarto, um laptop razoável... O que havia para não se gostar?

Mas empolgante? Empolgante como ver o tempo ser pausado por aparições antiquíssimas? Empolgante como uma criatura mítica feita de argila dormindo no teto?

Porém, por mais que Mack quisesse se deixar levar por aquela aventura, ele também queria algumas respostas. Pergunta número um: aquilo era real, ou ele estava tendo algum tipo de ataque de pânico cósmico? Aquele era o equivalente real à Tela Azul da Morte do Windows? Será que ele tinha perdido alguma atualização importante do software?

Se sim, havia como reiniciar?

Ah, admitiu Mack para si, *você não reiniciaria mesmo se pudesse.*

Ele não queria uma forma rápida e garantida de voltar ao normal. Estava ansioso pelas maluquices atingirem a próxima fase.

Mack olhou para o relógio.

— Estou atrasado — falou. — Olha só, Golem, fica longe da minha mãe, tá? Se esconde no armário. É. Faz isso.

— Tudo bem — concordou o golem.

Mack desceu as escadas.

— Faça um Hot Pocket de café da manhã para você — disse a mãe de Mack enquanto colocava creme no café. A tevê pequena da cozinha estava ligada no noticiário.

— Eu quero um strudel de torradeira — pediu Mack.

— Hot Pocket.

— Tá bom — falou Mack, resignado. Ele pegou um strudel congelado no freezer e colocou-o na torradeira. A mãe dele nunca notava que ele a ignorava quanto a isso. Às vezes Mack ficava surpreso com isso. Será que ela não percebia que comprava strudels toda vez que ia ao mercado?

— Tenha um bom dia na escola — disse ela, indo para a garagem. — Te amo.

— Te amo — retrucou Mack.

O pai já tinha saído. O trabalho dele ficava numa parte mais longe da cidade.

Mack seguiu pela rua em direção ao ponto de ônibus enquanto a mãe dava a ré no carro para sair da garagem.

Estava fazendo um dia bonito, com o céu bem azul e um punhado de nuvens leves ao sul. O calor do verão já quase não existia mais, e o ar do deserto tinha só uma pontada de frio naquela manhã. Mack se sentia bem enquanto descia a rua até a esquina.

Pelo canto dos olhos, o garoto percebeu um senhor atravessando a rua.

O homem era bem velho e se vestia de forma espetacular, todo em tons de verde. Estava bem-vestido; não parecia um morador de rua maluco. Usava calças sociais verde-escuras e um blazer verde-grama por cima de um colete verde-amarronzado. A camisa era branca e muito engomada, o único toque não verde além dos sapatos marrons.

O que fazia todo aquele visual funcionar era o chapéu-coco verde.

O homem de verde carregava uma bengala em uma das mãos e uma grande bolsa de couro na outra. Mack olhou para ele algumas vezes, mas não queria que o senhor achasse que o estava encarando.

Mack viu o grupo de crianças esperando o ônibus a alguns metros de distância: Ellen e Karl, que cursavam o mesmo ano que ele, alguns alunos mais jovens e um garoto mais velho, chamado Gene ou John ou algo assim.

Mack assentiu para Karl, que retribuiu o gesto.

— E aí?

— É. E você?

— Ah, você sabe.

Mack viu o ônibus vindo da rua ao lado. Chegaria ao ponto em três minutos — ele já tinha cronometrado.

Algo estava errado. Mack sentiu antes de perceber o que era, mas levou apenas alguns segundos para entender qual era o problema: o velho de verde. Antes ele estava andando em direção ao ponto de ônibus. Ainda deveria estar por ali.

Mas não estava. O que significava que tinha entrado em uma das quatro casas daquele lado da rua. Os Reynolds nunca atendiam à porta, não importava a situação; os Applegate estavam viajando; os Tegen já tinham ido para o trabalho, e a filha deles estava bem ali no ponto de ônibus.

Só sobrava a casa dos MacAvoy.

O velho de verde não era um jardineiro ou encanador ou carpinteiro ou qualquer tipo de empregado doméstico. Então o que estava fazendo? Para onde tinha ido?

Mack queria voltar para casa e verificar. Se o fizesse, perderia o ônibus. Se perdesse o ônibus, perderia o sinal de entrada, mesmo se corresse até a escola.

E isso significaria ter que entrar na sala atrasado. Os alunos iam rir dele, e o professor marcaria o atraso na sua caderneta.

Mas não havia escolha. A curiosidade tinha sido aguçada, e Mack tinha que verificar.

— Esqueci um negócio — falou para as outras crianças, que não deram a mínima. Ele começou a andar depressa de volta para casa.

Olhou de relance para a casa dos Reynolds. Nada. Para a casa dos Applegate. Nada. Idem na casa dos Tegen.

Chegou à sua casa. Nada de homem de verde.

Mack franziu a testa. Então estava enganado. Foi então que notou que o portão do quintal estava entreaberto. Com o coração na boca, ele entrou.

Não havia nada de estranho no quintal: o mesmo balanço pouco usado, uma bola de basquete rolando de leve na brisa. Só que não havia brisa.

A churrasqueira do pai dele ficava ali por perto. Mack enfiou a mão sob a tampa de plástico, tateou um pouco e tirou um grande garfo de churrasco dali.

Armado e perigoso com seu garfão, Mack seguiu em frente.

A porta dos fundos estava fechada. Mas ali! A janela. A janela da cozinha. Estava aberta antes? Não. Não, Mack achava que não. Mas agora estava óbvio que havia uma fresta.

Mack ficou indeciso por um segundo. Não tinha jeito de o homem de verde ter conseguido passar por aquela abertura.

Ele pegou as chaves e destrancou a porta dos fundos.

— Alguém em casa?

Sem resposta.

Cogitou trocar o garfo por uma faca, mas concluiu que o garfo tinha a vantagem de ser tão esquisito que um ladrão não saberia muito bem como reagir.

Seguiu pela cozinha. Agora ouvia o som da televisão na sala de estar. Não estava alto e aparentemente era um comercial passando.

Mack se aproximou pouco a pouco.

Alguém estava sentado no sofá, de costas para ele.

— Golem? — chamou.

O golem se levantou e virou, sorrindo com aquele sorriso assustador e só meio parecido com o de Mack.

Mack gritou. Gritou como uma garotinha.

Grudadas aos braços, coxas, tornozelos, barriga e pescoço do golem estavam várias cobras marrons. Cada uma devia ter um metro de comprimento, talvez um pouco mais. Mack com certeza não ia chegar perto para medi-las.

— Aaaaaaaaaaaaahhhh! — gritou Mack.

O golem hesitou. Então gritou também, em uma imitação bem próxima da voz de Mack.

— Cobras! — berrou Mack.

— Cobras! — repetiu o golem.

— P-p-p-por quê? — perguntou Mack, gaguejando.

O golem olhou para baixo e viu as cobras. Arrancou uma do pescoço e a segurou a distância para vê-la melhor. A cobra sibilou, se contorceu e girou para enfiar as presas no pulso do golem.

— O homem as colocou aqui dentro pela janela — falou o golem. — Não sei por quê.

Mack não sofria de ofidiofobia antes, embora tivesse quase certeza de que começaria logo, logo.

Como fora dito antes, Mack percebia as coisas. E ele se lembrava das coisas que percebia, mesmo quando elas tinham a ver com excursões da escola para o zoológico.

— Essa é uma *Pseudonaja textilis*, cara!

— Ah, sim, claro, a excursão ao zoológico — comentou o golem.

Mack sentiu um frio na barriga.

— Essa é uma das cobras mais venenosas do planeta.

— Sim, sim, é verdade — concordou o golem, e assentiu, feliz por ter encontrado nas lembranças de Mack aquele fato em geral inútil. — Não parece estar me fazendo muito mal.

Uma das cobras estava observando Mack, com as presas enfiadas no braço do golem e os olhos fixos no garoto. Não era um olhar agradável.

Ele precisava se livrar delas. Seria difícil explicar uma dúzia de cobras venenosas aos seus pais. Ele e o golem tinham que se livrar delas. De todas elas. Mas como?

— Vamos até a cozinha — disse Mack.

O golem obedeceu.

As cobras eram como apliques de cabelo esquisitos, penduradas nas partes estranhas do corpo da criatura.

— Certo. Isso vai ser nojento — avisou Mack.

Ele ligou o triturador de lixo. O golem soltou a primeira cobra e tentou enfiá-la no buraco. Mack pegou seu garfo de churrasco e, com muito cuidado e nojo, empurrou a cobra.

Grrrchunkchunkwgheee!

As cobras não eram muito espertas, isso era óbvio. Não pareciam ter o bom senso de soltar o golem e fugir. A segunda cobra entrou no triturador.

Grrchunkchunkwgheee!

Enquanto assassinava as cobras, Mack repassava os eventos daquela manhã. O homem vestido de verde sabia onde estava indo. O homem de verde não chegou a fazer contato visual com Mack, e àquela distância não teria reconhecido o garoto mesmo se o tivesse visto.

Todo mundo sabe que golems são feitos de lama, e ninguém seria burro o bastante a ponto de achar que o veneno de uma cobra o mataria.

Portanto, o homem de verde estava tentando matar Mack.

Ele tinha mesmo tentado *matar* Mack.

Saber disso fez com que o som nojento das cobras sendo trituradas parecesse música aos seus ouvidos.

Grrrchunkchunkwgheee!

Oito

MUITO, MUITO TEMPO ATRÁS...

Depois do encontro com os skirrits e com a princesa, Grimluk se dedicou à função de fugitivo com ainda mais entusiasmo.

Fuga 2.0. Um nível completamente inédito em fugas.

Grimluk forçou Gelidberry, as vacas e o bebê a seguirem a maior velocidade possível: cinco quilômetros por hora.

Eles fugiram durante o restante da primeira noite e por todo o dia seguinte. Exaustos e mal-humorados, chegaram ao limite da floresta no final da tarde. À frente havia um imenso descampado, no meio do qual havia uma colina íngreme. O lugar parecia feito de grandes e afiados cortes de granito, decorado com um pouco de terra e grama e até com uma ou outra árvore. Mas parecia que, com o passar dos anos, a maior parte daquela cobertura de terra tinha sido gasta pelas intempéries e pela misteriosa força que puxava as coisas para baixo (a gravidade, mas isso ainda não tinha sido descoberto).

Em cima daquele monte triste e pedregoso havia um castelo que quase parecia ter sido escavado das pedras abaixo dele. As paredes eram de um cinza escuro, niveladas a uma altura insana e arrematadas por ameias.

Ameias: aqueles parapeitos que parecem dentinhos no topo das torres de castelos.

Grimluk não tinha visto muitos castelos; na verdade, só tinha visto um, o castelo do barão que, para ser sincero, era tão impressionante quanto uma loja de materiais para escritório.

Aquele castelo, por outro lado, parecia seriamente perigoso. E, mesmo à distância, dava para ver que estava em estado de alerta. Havia pontas afiadas de lanças acima das ameias, as quais brilhavam avermelhadas sob o pôr do sol. Havia até arqueiros com belos arcos, prontos para atirar.

O castelo estava à espera de problemas.

Erguendo-se acima das paredes havia o forte, o último recurso, o castelo dentro do castelo. Caso os inimigos conseguissem atravessar as paredes externas, teriam que se esforçar em dobro para tomar o forte.

No alto do forte tremulava um estandarte preto e azul-celeste. Havia um símbolo no estandarte, mas Grimluk não conseguia decifrá-lo.

Perto do sopé da colina, bem lá embaixo, havia um vilarejo composto de algumas dezenas de construções com telhados de palha.

— Vamos para a vila — disse Grimluk. — Talvez possamos vender um pouco de leite e alugar um quarto para passarmos a noite.

— A gente não fez reserva — comentou Gelidberry.

Grimluk não se importou porque o conceito de reserva ainda não tinha sido inventado, muito menos sites de desconto e o decolar.com. Aliás, se houvesse alguma coisa desse tipo naquela época, se chamaria estalagens.com ou talvez até estabulos.com.

Eles chegaram aos arredores do vilarejo ao cair da noite. Estacionaram as vacas e levaram o bebê sem nome para a primeira estalagem que encontraram.

O lugar estava lotado de homens e mulheres bêbados. Mas, para um lugar cheio de bêbados, até que estava bem silencioso. As pessoas estavam mais rabugentas que brigonas. Quando Grimluk e Gelidberry entraram, todos os olhares se focaram neles, analisando a família cansada.

— Quantos no grupo? — perguntou o estalajadeiro.

— Dois adultos, uma criança — respondeu Grimluk.

— A gente não tem cardápio infantil — avisou ele.

Os três forçaram passagem até a ponta de uma das mesas compridas. Grimluk pediu uma caneca de hidromel e três potes de mingau. Era terça-feira: mingau era o prato do dia. Grimluk ficou um pouco decepcionado; se tivessem chegado na segunda, teriam comido peixe frito com batatas.

Do outro lado da mesa estava sentado um homem corpulento e mais velho, com talvez uns 16 anos. Sua barba farta estava salpicada de pedaços de comida, e olhinhos porcinos os encaravam fixamente abaixo da testa bronzeada e cheia de cicatrizes. O sujeito levava um machado sobre um ombro. Grimluk remexeu na sua machadinha e tremeu ao perceber que ela era pelo menos três vezes menor do que a arma do outro.

— Oi — falou. — O mingau daqui é bom?

O homem soltou um resmungo que poderia se passar por uma crítica culinária. Depois falou:

— Você é um estranho, assim como eu. Você veio para unir-se?

— Unir-me a quê?

— Ao Exército da Luz — respondeu o homem. — Eles estão com vagas abertas, se você tiver o que for necessário.

— Eu tenho duas vacas. E essa colher — falou, mostrando o talher.

O homem gargalhou, um som que pareceu muito estranho naquele lugar em que todos só falavam aos sussurros e não paravam de olhar por sobre o ombro, cheios de desconfiança.

— Não precisamos de colheres! Colheres não derrotarão a Rainha Branca!

Os cochichos pararam de forma abrupta. O homem se encolheu, claramente envergonhado, como se tivesse soltado um pum ou dito um palavrão. (*Sabão* seria um exemplo.)

— Opa. Eu quis dizer "a Inimiga Temível".

As pessoas na estalagem voltaram aos seus murmúrios arrastados.

— Esse Exército da Luz — intrometeu-se Gelidberry —, eles pagam bem?

— Ei, eu não estou procurando emprego — reclamou Grimluk.

— Você tem uma família para alimentar — rebateu Gelidberry. — E caso não tenha notado, não está fazendo esse trabalho muito bem. — Ela apontou para a própria barriga. — Eu consigo contar minhas costelas por cima das roupas!

— Tá bom, tá bom — falou Grimluk, virando-se para o homem e fazendo questão de ignorar o olhar de reprovação da esposa. — Eu era o puxador de cavalo do barão. Agora sou um fugitivo.

— Todo mundo é fugitivo hoje em dia — soltou o homem, estendendo a mão com dedos gordos. Grimluk apertou-a.

— Meu nome é Grimluk.

— Eu sou Wick — falou o outro. — Vim me juntar ao Exército da Luz como lanceiro. Posso te apresentar ao capitão das lanças.

— Eu não tenho a menor experiência com lanças.

Wick deu de ombros.

— Pff. Não é nada demais. É um espeto grandão. Você aponta a parte afiada na direção do inimigo. Não estou dizendo que não é preciso pegar o jeito, mas você parece afiado o suficiente.

— "Afiado o suficiente"? Isso foi um trocadilho?

Wick mordeu o lábio.

— Sei lá. Só sei que estão contratando lanceiros. O pagamento são dois pães e um punhado de queijo por semana. Eles também fornecem a lança.

— Eu ganhava uma cesta grande de grão-de-bico e um rato gordo por semana, e um par de sandálias por ano — comentou Grimluk.

Wick gargalhou.

— Ha! Você não vai encontrar riquinhos desse tipo carregando lanças, com certeza. Um rato gordo? Um par de sandálias? Isso é dinheiro digno da Magnifica.

— Magnifica?

Aquela palavra teve o efeito oposto que *Rainha Branca* causara na estalagem. Em vez de ostentarem um silêncio assustado e olhares preocupados, Grimluk viu os bêbados arregalando os olhos e derramando lágrimas de esperança.

— Ele consegue fazer isso — falou Gelidberry sem pestanejar.

Wick balançou a cabeça com tristeza.

— Ah, senhora, seu marido com certeza fica muito orgulhoso com sua confiança, mas para ser um membro da Magnifica é preciso ter no máximo 12 anos.

— Ele tem 12 anos — retrucou Gelidberry.

— E é preciso ter a *sapiência iluminada*.

Isso fez com que Gelidberry calasse a boca rapidinho. Porque ela não fazia ideia do que poderia ser a tal *sapiência iluminada*. Grimluk, por outro lado, começava a se sentir um pouco insultado, tanto por Gelidberry quanto pelo fato de Wick nem precisar pensar duas vezes antes de concluir que ele não possuía a tal de *sapiência*.

Grimluk, assim como a esposa, não fazia ideia do que era a *sapiência iluminada*, mas não conseguia imaginar por que não poderia tê-la. Ele poderia ter um montão de *sapiência*.

A essa altura Grimluk já tinha entornado metade da caneca de hidromel.

— Eu tenho isso aí — afirmou. — Eu tenho um monte disso aí.

— Um monte de quê? — perguntou Wick, com cautela, semicerrando os olhos.

— Saliência ilimitada — falou Grimluk.

— É assim que se pronuncia?

— No meu país, é — respondeu ele rapidinho.

— Então você precisa partir. Agora! Corra até o castelo e anuncie que chegou, rapaz, pois eles aguardam, com um desespero crescente, o décimo segundo dos doze!

— Tá. — Então: — O que é doze?

— Não precisa ficar com vergonha — explicou Wick com carinho. — Eu também só aprendi o que era isso ontem mesmo. Olha só: sabe onze? Então. Se concentra bem no onze. Concentrou?

— Sim — respondeu Grimluk, sem entender muito bem.

— Bem, doze é um a mais que onze.

— O que eles vão inventar agora, minha gente? — exclamou Gelidberry.

— Corra! Corra caso realmente possua a *sapiência iluminada*! — Wick se inclinou por cima da mesa, atingindo-os com os odores de hidromel velho, mingau, suor, cavalo, cabra, couro, lã fedorenta e sujeira de estábulo. — Corra! Pois caso não encontremos o décimo segundo dos doze, certamente a Rainha Branca... quer dizer, a Inimiga Temível matará a todos, com ou sem lanças!

Aquilo colocou Grimluk em uma situação bem constrangedora. Ele tinha aberto sua boca grande e anunciado que tinha algo que nunca vira e que não seria capaz de reconhecer nem se estivesse bem debaixo do seu nariz. E todos os olhos lacrimosos o estavam observando, cheios de esperança e expectativa.

Gelidberry deu de ombros.

— Vai, ué. Qual a pior coisa que pode acontecer? Eles vão dizer não, e você fica com o emprego de lanceiro.

O que nem ela nem Grimluk poderiam prever era que Grimluk realmente possuía a *sapiência iluminada*. Ele tinha baldes dela.

E, por isso, ele e Gelidberry nunca envelheceriam juntos, nem veriam o bebê sem nome crescer.

Nove

Mack tinha ficado um pouco nervoso por causa do incidente com as cobras. Se "um pouco nervoso" significasse "à beira de um ataque de nervos total e irrestrito", claro.

— Aquele velhote de verde estava tentando me matar! — berrou Mack enquanto a última cobra era estraçalhada pelo triturador de lixo.

— Sim, acredito que sim — concordou o golem.

— Por que ele tentaria me matar? Acabei de me livrar de Stefan e dos outros bullies, e agora um cara aleatório que parece ter vindo diretamente de uma festa do dia de São Patrício resolveu me envenenar?

— Não entendi absolutamente nada do que você falou — falou o golem.

Mack agarrou o braço do golem e olhou bem no rosto igual ao seu.

— Você precisa me contar tudo o que sabe.

O golem deu de ombros.

— Eu fui criado para substituir você.

— E por que mesmo eu tenho que ser substituído?

— Porque você vai embora.

— E para onde eu estou indo?

— Para todos os lugares.

— Aaaarrrgghhh! — gritou Mack, frustrado. Ele tinha perdido o ônibus. Precisava ir para a escola. Precisava resolver o que fazer com o Garoto de Lama. Precisava evitar ser picado por cobras até a morte. E queria ter comido um Hot Pocket de café da manhã em vez do strudel de torradeira, que não tinha matado a fome dele de verdade.

— Certo. Olha só — disse Mack. — Eu tenho que ir. Você, fica longe dos meus pais. Fica esperando no meu quarto. Não fala com ninguém nem atende a porta. Você vai obedecer?

— Você obedeceria?

Mack fechou a cara.

— Ah, então é assim que vai ser, é?

— Fui feito à sua imagem — explicou o golem.

Sentindo-se bastante infeliz, Mack foi para a escola. Conseguiu entrar despercebido bem na hora em que o sinal tocou e as crianças começaram a sair das salas em direção à próxima parada naquela longa e diária Marcha do Tédio.

— Ei — chamou Stefan.

Mack ainda não tinha se acostumado à ideia de andar com Stefan. Sua primeira reação instintiva foi correr. Mas isso agora talvez fosse magoar o garoto.

— E aí, Stefan — retribuiu Mack.

— Pra onde você tá indo?

— Aula de matemática.

— Maneiro. Vamos nessa.

Mack franziu a testa.

— Você não está na minha turma de matemática, Stefan.

— Agora eu tô.

— Mas... você pode fazer isso?

— Posso — respondeu o garoto cheio de confiança. Mack compreendia Stefan. Qualquer que fosse a aula que estivesse matando, aquele professor ficaria feliz por se ver livre dele. Por outro lado, o professor de matemática não arrumaria briga com Stefan de jeito nenhum.

— É justo — concordou Mack. — Tenho que fazer xixi primeiro.

— Quer ir no banheiro dos meninos ou prefere usar o banheiro da sala dos professores?

— O banheiro normal serve — respondeu ele, começando a ver que talvez houvesse grandes vantagens naquela nova amizade com Stefan.

Eles foram ao banheiro dos meninos, que estava mais ou menos cheio.

— Fora — falou Stefan para os outros garotos, indicando a porta com um meneio de cabeça.

O som de zíperes sendo fechados às pressas e descargas sendo tocadas encheu o banheiro. Em vinte segundos Mack tinha o lugar só para si.

— Não precisa fazer isso, cara — falou, embora na verdade tivesse gostado um pouquinho daquilo. Mack não gostava de fazer suas necessidades em banheiros cheios.

De repente a luz no banheiro dos meninos mudou.

— O que está acontecendo?

Stefan deu de ombros.

— A luz ficou estranha. Meio tipo que nem no outro dia.

— O-oh.

A nova luz parecia ter uma fonte mais específica dessa vez. Na verdade, parecia vir de um cano cromado reluzente acima do mictório.

Havia um rosto no cano, o rosto do velho fedorento. Era difícil precisar se ele tinha trazido seu fedor juntamente à imagem, considerando que eles estavam em um banheiro masculino, que tinha seus aromas bem característicos.

— Você! — acusou Mack.

— Consegue me ver? — perguntou o velho.

— Claro que consigo te ver. Stefan, você também está vendo?

Stefan espiou por cima do ombro de Mack e assentiu. Parecia estranhamente calmo, como se aquele tipo de coisa acontecesse o tempo todo.

— Quer que eu o esmague?

— Não — respondeu Mack.

— Você viu o golem? — perguntou a antiquíssima criatura, com sua voz que parecia feita de folhas secas.

— Vi sim. Vi as cobras também — retrucou Mack.

— Nada sei sobre cobras.

— É, bem, eu sei várias coisas sobre elas. Um velhote vestido de verde enfiou um monte de cobras pela janela da minha casa. Elas picaram o golem inteirinho.

As sobrancelhas do velho se ergueram. O efeito era particularmente estranho por causa da superfície curva do cano cromado, que distorcia a expressão dele.

— Estas são más notícias.

— É, foi o que pensei.

— As forças da Inimiga Temível já tomaram conhecimento de sua existência.

— Olha, eu não tenho nenhum inimigo temível, não — explicou Mack.

— Ele tá comigo — completou Stefan belicosamente.

— Você tem inimigos com os quais nem mesmo sonha — sussurrou o velho. — Inimigos que, caso conhecesse, fariam seu sangue congelar como um riacho montanhês no inverno, e suas mãos tremerem e perderem as forças.

Mack estava ficando assustado.

— Ei! Eu não tenho nenhum inimigo. Não estou procurando problemas. Eu tenho que fazer minha prova de matemática.

— Nós não escolhemos nossos inimigos. Seus inimigos são inimigos do seu sangue, pois em suas veias corre o verdadeiro sangue da Magnifica.

— Isso é latim?

— Você foi chamado, jovem herói. Chamado! Para salvar o mundo de um mal que não deve ser citado.

— Qual o nome desse mal que não deve ser citado? — perguntou Mack.

— A Rainha Branca! Mas citá-la não devemos.

— Você acabou de fazer isso.

O velho pareceu irritado por ter sido pego em contradição.

— Estou tentando fazer os negócios correrem. Não tenho muito tempo. Minha magia está fraca, nem chega aos pés do que já foi um dia. Estou falhando... Enfraquecendo... Quase não consigo ouvi-lo ou me fazer ouvir.

— Então desenrola, vovô — retrucou Stefan.

O ancião deu uma olhada para Stefan.

— Esse aí será útil. Você precisará de um cão de guarda feroz como esse rapaz.

Mack pensou que Stefan talvez fosse se ofender, mas na verdade levantou a cabeça um pouco mais e assentiu, concordando.

— Vou desenrolar — continuou o velho. — Eu me chamo Grimluk. Sou um dos primeiros do grande grupo de heróis chamado Magnifica. Fomos nós que primeiro lutamos contra a Rainha Bran... a Inimiga Temível, prendendo-a nas entranhas da Terra para que nunca mais pudesse aterrorizar a humanidade. Nós a enfeitiçamos de uma forma que manteria o mundo em segurança para sempre!

— Certo, então a gente não precisa se preocupar, né? — perguntou Mack, cheio de esperança.

— Bem... — disse Grimluk.

— O-oh.

— Você precisa compreender que tudo isso aconteceu muito tempo atrás. Era uma época na qual a maioria das pessoas não entendia nada de números. Não havia álgebra. Muito menos geometria. Nem contas de dividir e multiplicar.

— Então como vocês faziam?

— Precisávamos somar e subtrair. Teoricamente. Na prática, a maioria das pessoas só conseguia contar até dez. Nove se tivesse sofrido um acidente com uma foice, o que era muito comum.

— E... — incitou Mack.

— E naquelas épocas há muito passadas, dez era um número muito grande. Um homem rico era onzenário. Camponeses sonhavam em tirar a sorte grande e ganhar na loteria dez unidades de... qualquer coisa.

— Eu teria sido bem feliz nessa época — falou Stefan, pensativo.

— Então, quando estávamos decidindo por quanto tempo deveríamos aprisionar a Inimiga Temível, chamamos nossos maiores astrólogos e prodígios matemáticos, e importamos grandes pensadores dos quatro cantos do mundo. Eles trabalharam por semanas a fio. Talvez por até onze semanas. Tudo para conceber um número tão impossivelmente grande que seria o maior número já imaginado pelas mentes humanas!

— Ele suspirou, e por um momento a imagem sumiu.

— Ei!

— Desculpem. — A imagem voltou. — O número que aqueles gênios criaram foi... três mil!

— Então vocês prenderam essa Rainha Branca por três mil anos.

— Exato. Para sempre. Ou foi o que pensávamos. Acontece que três mil anos ainda não era para sempre. E agora o tempo está quase acabando. Em poucos meses a Inimiga Temível será libertada com toda sua fúria e ira, todo o terror de apertar o esfíncter, de parar o coração, cortar a garganta, engolir em seco, congelar o sangue e soltar os intestinos!

— Cara. Sem ofensa, mas vocês tinham o quê? Espadas? Pedaços de pau? Forcados? A gente tem armas e tanques e aviões de guerra. Então, se essa tal Rainha Branca aparecer, os fuzileiros navais vão cuidar dela.

— Jovem arrogante e tolo! — gritou Grimluk, agitando-se de repente. — Você acha que a Rainha Branca dormiu durante todos esses anos? Acha que não conhece este mundo e suas maravilhas? Ha! Tudo que vocês têm ela também possui. O que vocês conhecem ela também conhece. Além dos terríveis poderes de sua magia. Suas armas serão transformadas em gravetos, seu arsenal será destruído! Ela virá para matar tudo o que deseja e escravizar o resto.

— Eu não acredito em magia — falou Mack.

— Ah é? Então como você está conversando com uma imagem em um espelho?

Grimluk tinha razão quanto a isso. E isso sem mencionar o golem. Mack concluiu que era melhor não falar que aquilo não era exatamente um espelho, e sim um reluzente cano de privada.

— Meu tempo é curto, Mack da Magnifica, em cujas veias corre o há muito diluído sangue de antigos heróis. Você deve ir. Agora! O inimigo já conhece seu cheiro, e embora a Inimiga Temível ainda esteja presa em sua cela subterrânea, seus servos seguem livres. Os skirrits, os gigantes gudridan, os traiçoeiros elfos tong, os bowands e a própria cria da rainha, os weramins! E não se esqueça dos aliados terrenos, a sorrateira Nafia. Com certeza foram eles que tentaram matá-lo com as cobras.

— Então tá, já chega, certo? — pediu Mack, começando a ficar abalado. Um medo muito verdadeiro começava a pressionar seu peito como um peso.

— Escute, pois meu tempo está acabando — falou Grimluk. — Vou ajudá-lo quando puder. Você deve encontrar os novos doze dos doze. Reúna os novos doze da Magnifica dos quatro cantos da Terra e descubra um jeito de prender novamente a Inimiga Temível.

— Mas como é que vou fazer isso? — Mack exigiu saber. — Estou perdendo uma prova de matemática. E tenho educação física depois. Estou meio que ocupado.

— Encontre o vargran, jovem. Ou o mundo inteiro com certeza irá perecer. Mas primeiro, saiba: se você voltar para sua casa e sua família, atrairá os inimigos como o néctar atrai abelhas, e todos que o conhecem, todos que o amam, serão destruídos!

— Vargran?

— Estou sumindo... — disse Grimluk pesarosamente. — Ainda há muito a contar... mas o poder... não mais... — A imagem estava falhando, e a voz dele parecia uma ligação de celular saindo da área de cobertura. — Você será... contatado.

Aí ele e sua luz estranha sumiram.

— Ahn — soltou Stefan.

— Isso é coisa de doido — falou Mack. — Não, não, não. Quer dizer, sério, alguém deve ter usado manteiga de amendoim estragada nos nossos biscoitos ou qualquer coisa assim. Estamos alucinando.

A porta do banheiro se abriu.

O velho de verde estava lá, emoldurado pelo batente da porta.

Ele abriu um sorriso cheio de dentes surpreendentemente brancos, pesou a bengala em uma das mãos e segurou a cabeça do bastão com a outra.

E então puxou uma espada muito reluzente e muito afiada.

Dez

— *En garde!*

O homem de verde atacou Mack, a espada afiada apontada diretamente para o coração do garoto.

Mas o homem de verde era muito velho. Muito velho mesmo. Provavelmente não tanto quanto o espectral Grimluk, mas bem velho de qualquer forma.

Por isso o movimento da espada não foi exatamente rápido e preciso. Foi mais um avanço trêmulo que qualquer outra coisa. Mack pulou para o lado, e no intervalo entre o pulo e a chegada da espada ao lugar onde ele estivera, Mack poderia ter parado e amarrado os sapatos. Entenda: ele não parou e amarrou os sapatos. Mas poderia ter feito isso.

O homem de verde franziu a testa e ficou olhando para o lugar em que Mack estivera. Depois passou os olhos verdes remelentos pelo banheiro até encontrar o garoto, que estava encolhido à porta de uma das cabines.

Ele começou a desenhar um arco com a espada que acertaria bem a garganta de Mack caso este ficasse parado por tempo suficiente.

Stefan deu um passo à frente e segurou o braço do homem.

— Ei. Para com isso, velhote. — Ele pegou a espada e a bengala e guardou a lâmina de volta na bainha. — Bengala maneira — observou.

— Solte-me! — gritou o velho.

— Tanto faz — falou Stefan, e soltou o homem de verde.

— Por que você está tentando me espetar, cara? — exigiu saber Mack, irritado.

O velho abriu a boca para responder, mas então ergueu um dedo indicando que precisava de um momento. Ficou remexendo nos bolsos do blazer verde até encontrar um tubinho com um bocal de plástico transparente.

Ele colocou o bocal sobre os lábios e o nariz e inspirou fundo. Uma vez. Duas. Três. Quatro. Cinco vezes.

Seis vezes.

E... sete.

— É oxigênio. Não aguento essa altitude — explicou.

— Você quer que eu chame um médico? — perguntou Mack.

— Ha! — exclamou o homem. — Vou jogá-lo em uma cova rasa, seu rapazinho... — Ele ergueu o dedo de novo e inspirou oxigênio várias vezes no bocal. — Você vai amaldiçoar o dia em que ouviu o nome Paddy Truta "Nove Ferros"!

— Na verdade, é a primeira vez que ouço esse nome — explicou Mack. — E aquele negócio com as cobras não foi nada maneiro.

— Cobras? — perguntou Stefan.

— Esse velhote colocou várias cobras venenosas na minha casa. Eu poderia ter morrido, se não fosse o golem.

Stefan assentiu como se entendesse. Ele não tinha entendido.

— Você pode fugir, mas não pode se esconder do punho da Nafia — falou Nove Ferros com uma expressão furiosa. Mack imaginava que, antigamente (tipo uns sessenta ou setenta anos antes), aquela poderia ter sido uma expressão assustadora. Agora ele basicamente só notava como Nove Ferros pausava entre cada palavra para lamber os lábios ou inspirar mais oxigênio.

— A máfia? — perguntou Mack. — Tipo o Tony Soprano?

— Essa era uma série ótima — comentou Stefan. — Tipo como quando Tony matou Christopher? Muito louco, cara.

— Não "máfia", *Nafia* — repetiu Nove Ferros. Depois abanou a mão, ignorando aquilo. — A máfia, ha! Eles copiaram tudo de nós. Bando de macacos de imitação. Ora, quando eu era um molequinho...

A história foi interrompida por um garoto que entrou no banheiro. Stefan balançou a cabeça para o garoto, e os três ficaram à sós de novo.

— Olha, beleza, eu tenho que ir para a aula — falou Mack. — Você precisa parar de me encher. Não estou procurando problemas.

— Bem, mas os problemas encontraram você — retrucou Nove Ferros. — Você acha que a Grande Rainha está cega e senil? Aquele velho tolo do Grimluk colocou a marca da rainha em você, criança intrometida.

— A marca da rainha?

— Você e todos aqueles que o ajudarem carregam a marca. Todos os que veneram a Branca vão persegui-lo até a morte. Até você e todos os que você ama estarem mortos! Mortos! — Ele ergueu as mãos trêmulas e virou os olhos úmidos para o teto do banheiro. — Ela virá, trazendo a juventude eterna e grandes poderes para aqueles que a servem! E você? — Seu rosto velho e enrugado ficou sério de repente, e os olhos, apesar de confusos e amarelados, adquiriram um brilho determinado de ódio. — Você — apontou o dedo torto e artrítico para Mack —, você vai sofrer e perecer! E eu vou rir!

E então riu, mas Mack logo percebeu que a profecia de Nove Ferros não era nada engraçada.

— Vamos sair daqui — falou.

— Preste atenção, garoto — falou Nove Ferros, a voz muito calma de repente. — Farei com que seja rápido e indolor para você. Melhor deixar-me fazê-lo a ver sua família morrer primeiro, e você por último, e de forma tão dolorosa. Mais dolorosa do que você sequer é capaz de imaginar.

Mack e Stefan saíram do banheiro, deixando o velho para trás. Uma fila tinha se formado do lado de fora.

— É melhor vocês irem pra outro banheiro — avisou Stefan.

Mack foi andando rapidamente pelo corredor. Stefan o alcançou.

— Aonde você tá indo?

— Não sei — respondeu Mack. — Mas você ouviu o cara. Qualquer um que chegar perto de mim vai acabar encrencado.

— Não se preocupa, não — falou Stefan. — Você tá comigo.

— Cara. Valeu mesmo por isso, de verdade. Mas você não passou parte da manhã moendo cobras venenosas no triturador de lixo.

— Você tá com medo daquele velhote? Paddy Trouxa ou sei lá o nome dele?

— Sim. Talvez seja só eu, mas fico meio agoniado quando as pessoas começam a quebrar as leis da física, se comunicando por meio de vasos sanitários e tal. Sem falar de toda aquela história do garoto da lama. Pode me chamar de covarde, mas meu limite para esquisitices já foi atingido.

— Quem é o garoto da lama?

— O golem. É tipo uma criatura medieval, meio que um robô feito de argila. Eu tenho um.

Stefan assentiu, pensativo.

— Se eu tivesse um robô, eu não ia querer que ele fosse *medicinal*. Eu ia querer que ele machucasse os outros, não que os ajudasse.

Mack concluiu que era melhor nem tentar explicar.

— Aonde você vai? — perguntou Stefan.

Mack se virou e andou de costas, as mãos abertas em um gesto de impotência.

— Acho que vou salvar o mundo.

— É? — falou Stefan. — Então tá, então. Eu vou com você.

O coordenador saiu do escritório quando eles estavam passando.

— Exatamente aonde o senhor pensa que vai, sr. MacAvoy?

— Vou salvar o mundo, senhor.

Eles passaram pelas portas principais e saíram da escola. Esperando na calçada, onde pais em minivans mais tarde encostariam para pegar seus filhos, havia uma enorme limusine preta.

Mack e Stefan pararam de repente.

A janela traseira foi aberta. Havia uma mulher dentro do carro.

Ela não parecia estar armada. Na verdade, era muito bonita. Asiática, notou Mack, com cabelo e maquiagem perfeitos. Provavelmente não era perigosa. Mas, por outro lado, também não devia estar aqui para buscar os filhos.

— Venham — disse a mulher.

— É, acho que não — falou Mack, recuando. — Eu não posso pegar carona com estranhos. E se tem um dia no qual eu deveria ouvir esse conselho, o dia é hoje.

— Acho que você pode mudar de ideia — retrucou a mulher.

— Não, acho que hoje não, moça.

— Olhe para trás.

Mack obedeceu. Stefan também, e soltou:

— Opa.

Correndo com saltinhos estranhos e controlados, impossivelmente rápidos, impossivelmente impossíveis, vinham dois gafanhotos imensos, de pé em duas patas e carregando machados de batalha muito assustadores no par de patas do meio.

— Aaaahhh! — gritou Mack.

— Opa — concordou Stefan.

Os dois resolveram que adorariam dar um passeio de limusine. Abriram a porta com um puxão e pularam para dentro, quase voando por cima da mulher, e caíram embolados no piso acarpetado do carro.

A porta bateu. A janela se fechou. O motor roncou.

Um dos insetões pulou em cima da limusine, acertando o teto com o machado. O carro seguiu em frente, derrubando o gafanhoto.

Pela janela escura, Mack viu o inseto girar, capotar, cair e então se levantar de um pulo de novo.

O outro gafanhoto tinha conseguido enfiar uma das mãos — das garras, seja lá o que fosse aquilo — pela janela, que estava se fechando com uma lentidão frustrante.

A limusine cantou os pneus ao sair da rua da escola.

A janela se fechou quando o carro pegou velocidade. Ouviu-se um estalo, similar à quebra de um graveto meio úmido. A mão do bicho tinha sido arrancada e estava pendurada na janela.

Os gafanhotos perseguiram a limusine por alguns quarteirões, e se houvesse qualquer trânsito nas ruas, teriam alcançado o carro.

Ainda bem que o motorista não ligava muito para sinais vermelhos. Os insetos ficaram para trás e finalmente desistiram da perseguição quando o carro saiu das ruas antes seguras de Sedona e seguiu para o deserto.

Eles já estavam bem longe da cidade quando Mack baixou o vidro da janela apenas o suficiente para puxar o braço do inseto para dentro do carro.

— Posso ficar com isso? — perguntou Stefan.

Onze

MUITO, MUITO TEMPO ATRÁS...

— O que você sabe sobre a língua do feiticeiro? — perguntou o homem com a armadura descombinada para Grimluk.

— O gato comeu? — perguntou Grimluk de volta.

O homem com a armadura descombinada — assim chamado por usar um capacete que era obviamente grande demais para sua cabecinha e uma cota de malha tão pequena que estava amarrada às costas com fios de lã — ficou olhando para Grimluk como se ele estivesse insano. Insano de maluco mesmo, e não insano de raiva.

— A língua, tolo. A linguagem. Vargran, a língua de poder.

Algo na expressão *a língua de poder* fez com que Grimluk achasse graça. Ele sorriu, mostrando os cinco dentes intactos.

O que se provou ser um erro. O homem com a armadura descombinada socou Grimluk na boca, com força, com um punho envolto em aço.

— Não está achando tão engraçado agora, está?

— Ei! — Grimluk sentiu o dente solto descendo pela garganta, tossiu e então o cuspiu na palma da mão. — Você não tinha o direito de me bater.

— Seu caipira estúpido — reclamou o homem. — Você acha que isso é algum tipo de jogo cênico?

Grimluk não sabia com certeza. Não sabia o que era um jogo cênico, e milênios se passariam até que o Google fosse inventado para responder a dúvidas como esta.

— Você não sabe que o mundo inteiro está à beira de um abismo de onze metros de altura? E que tudo que conhecemos e amamos está em perigo?

— Eu sei sobre a Rainha Branca.

— Você não sabe de nada.

— Eu vi a filha dela. A princesa. Ou pelo menos foi assim que ela se denominou.

O homem com a armadura descombinada deu um passo para trás.

— Você diz que viu a princesa Ereskigal? — Ele tinha um olhar astuto, ou pelo menos era o que parecia por debaixo da aba do capacete. — Conte-me sobre a aparência dela.

— Era linda. Com o cabelo da cor de uma chama. E ela comeu a cabeça de uma fera aterrorizante que parecia um gafanhoto de pé nas patas traseiras.

— Ereskigal! — exclamou o homem, e Grimluk percebeu que as mãos do outro tremiam. — Essa é uma notícia medonha. Siga-me. Venha! Você deve se apresentar ao *gerandon*!

— O que é um *gerandon*?

— Na língua vargran, significa "conclave". Caipira! Você não sabe nada?

Ele saiu com passos apressados, passando pelos portões do castelo e seguindo por uma trilha sinuosa sob as altas muralhas de pedra. A cada passo Grimluk era observado por arqueiros atentos, prontos para fazer chover flechas sobre ele — *nele*, na verdade — caso desse um passo em falso.

O *gerandon* se reunia no forte do castelo. Grimluk nunca estivera em lugar tão grandioso. Era pelo menos onze vezes mais magnífico do que o castelo do barão. Em primeiro lugar, porque não havia animais de criação no salão. Além disso, as paredes eram assustadoramente altas. Pareciam subir para sempre, culminando em um teto abobadado que se apoiava em enormes pilares.

Do outro lado do cômodo havia um impressionante trono de madeira e couro, coberto de peles de animais. Estava vazio naquele momento. Parecia que o rei, o ocupante costumeiro do trono, tivera uma necessidade urgente de visitar outro país. Essa necessidade tinha surgido aproximadamente quatro segundos depois de ele descobrir que a Rainha Branca estava a caminho.

Também havia uma grande mesa retangular no meio do salão, com várias cadeiras de espaldar alto dispostas ao redor. Nelas estava sentado um grupo estranho formado por seis homens e uma mulher. Grimluk teria adivinhado, sem nem precisar que lhe contassem, que aqueles homens eram bruxos. Todos tinham barbas longas, variando de ralas e escuras, passando por cheias e grisalhas a desiguais e ruivas. A mulher não tinha barba, só um bigode sutil.

Com certeza ela era uma bruxa, concluiu Grimluk, nervoso. Não havia muitas carreiras que colocavam mulheres em posições de poder naquela época. O que fazia dela ou uma bruxa ou uma rainha, e ela não parecia ser uma rainha.

Foi ela quem falou:

— Quem interrompe nossas deliberações?

O homem com a armadura descombinada apontou para Grimluk com o dedão.

— Este caipira...

— Eu sou um fugitivo e ex-puxador de cavalos, não um caipira — interrompeu Grimluk.

— Que seja. Este fugitivo diz ter visto a princesa Ereskigal.

Sete pares de olhos, totalizando onze olhos (já que a mulher só tinha um, e um dos homens não tinha nenhum), se focalizaram nele.

Grimluk fez um breve resumo de seu encontro com a bela ruiva na floresta.

— São más notícias, Drupe — disse um dos homens para a mulher.

— A que distância? — perguntou a bruxa Drupe a Grimluk.

— Dois dias de caminhada.

— Uma caminhada lenta e vagarosa? — perguntou um dos bruxos.

— Não, rápida e ansiosa — respondeu Grimluk.

— Mais uma vez — interrompeu o mais velho dos bruxos —, reforço meu pedido pela criação de um sistema de medidas padronizado.

— Anotado — falou Drupe, cansada. Ela respirou fundo e se levantou da cadeira. Ajeitou o tapa-olho e se alongou um pouco, como se estivesse sentada há muito tempo. — O inimigo se aproxima. Nossas forças não estão prontas. Só temos onze dos doze. Mais uma vez devemos nos retirar, fugir da Inimiga Temível.

— Cof, cof — interrompeu o homem com a armadura descombinada.

— Sim?

— Este aqui, o caipira, diz possuir a *sapiência iluminada*. E ele tem a idade certa.

Grimluk estava usando de todo seu esforço para escorregar de volta para perto da porta. Ele se encolheu quando a bruxa Drupe voltou seu olho flamejante para ele.

— É verdade?

— Eu... hum... Sabe, quando eu disse que tinha a... a... sanguinolência ilustrada, eu não sabia muito bem... — Ele não sabia mais o que dizer àquela altura. Não era assim que tinha achado que as coisas iam fluir. Era normal exagerar no currículo, mas aquela entrevista de repente tinha ficado séria demais.

A bruxa se aproximou dele. Só então Grimluk percebeu que uma das pernas dela era grossa como o tronco de uma árvore, cinzenta e coriácea, terminando em unhas pequenas e amarelas.

Ele não conseguia tirar os olhos da perna.

— É uma perna de elefante — explicou Drupe, dando de ombros. — Um feitiço deu errado. Estou tentando consertar.

Grimluk engoliu em seco.

— Vou lhe dar o mais simples dos feitiços vargran, caipira.

— Certo.

— Repita as palavras depois de mim. Mas, ao falar, caipira, expulse o medo de sua mente. — Ela balançou uma das mãos na frente do rosto dele, como se afastando uma cortina. — Expulse o medo e, em vez disso, sinta o sangue de seus ancestrais, muitas gerações passadas. Volte a tempos esquecidos. Convoque para si os poderes da resistente terra, da poderosa água, do revigorante ar e do ardente e destruidor fogo!

Grimluk não queria nada com nenhuma daquelas coisas, mas sentia-se como se as palavras da bruxa fossem minhocas cavando buracos em sua alma. Como se as palavras estivessem dentro dele, não mais do lado de fora. Como se seu sangue realmente fluísse com toda a força dos seus ancestrais e todos os poderes do mundo.

— Reúna para si o temível lobo e a grande águia, a venenosa víbora e o poderoso javali, e fale, *fale*!

O rosto dela estava bem próximo do dele, seu hálito no dele, seu calor aquecendo o corpo dele.

Então ela mostrou a palma da mão, e nela havia uma borboleta. Estava esmagada, com as asas partidas.

— Fale estas palavras, caipira: *Halk-ma erdetrad (snif) gool! Halk-ma! Halk-ma!*

Então Grimluk repetiu as palavras. Gritou com toda a convicção que conseguiu reunir.

A borboleta se mexeu! As asas bateram febrilmente.

E devagar, muito devagar, ela se ergueu no ar.

Viva!

Aí caiu no chão. Morta de novo.

— Vai servir — falou Drupe. Ela sorriu para os bruxos surpresos. — Vai servir.

Doze

Um sangue verde-escuro escorria do cotoco de braço do inseto gigante. Não era pesado, parecia feito de plástico áspero, como um objeto deixado por tempo demais ao sol.

— É todo seu — falou Mack, entregando o braço para Stefan, que o ergueu como se fosse algum tipo de arma.

— Meu nome é Rose Everlast — falou a mulher asiática. — Sou da firma de contabilidade Hwang, Lee, Chun & Everlast.

— Você é contadora? — perguntou Mack, incrédulo. — Você não parece uma contadora.

— E o que eu pareço?

— Uma modelo. Tipo, uma daquelas bem gatas. Sem ofensa — intrometeu-se Stefan. Ele tinha 15 anos, afinal.

Rose não parecia ter se ofendido. Ela abriu uma pasta de couro no colo.

— Não temos muito tempo.

Tirou dois caderninhos azuis da pasta e entregou um para Mack e outro para Stefan.

Mack leu as letras douradas na capa. Folheou. Dentro, havia uma foto dele.

— Isto é um passaporte.

— Sim — concordou Rose. — É verdade. Vocês vão perceber que receberam nomes diferentes. Você agora é Mack Standerfield. E você — Virou-se para Stefan — é Stefan Standerfield, de 21 anos.

— Ótimo! — exclamou Stefan, com um sorriso. — Eu posso dirigir!

— Menores de idade não podem viajar desacompanhados — explicou Rose. — Stefan será seu irmão mais velho.

— Hum, opa. Peraí — refutou Mack.

Rose o ignorou, contraindo os belos lábios pintados de vermelho em desaprovação.

— Vocês têm um voo para pegar. Estamos atrasados.

— Ei. Eu não vou entrar em avião nenhum! — reclamou Mack. — Eu vou pra casa expulsar o golem do meu quarto, telefonar para o FBI ou algo assim e explicar a eles o que está acontecendo.

Rose deu de ombros.

— Aí sua família vai morrer.

— Dá pra parar com isso? — pediu Mack.

Rose lhe entregou um cartão de crédito. Nele dizia Mack Standerfield.

— Não perca isto — disse. — Nem isto — falou, entregando um iPhone para cada um.

— Você gravou seu telefone na agenda? — perguntou Stefan com um sorrisinho.

— Sou um pouco velha demais para você — respondeu Rose, seca.

Stefan sorriu.

— Eu não me importo.

Rose deu as costas para Stefan e concentrou toda sua atenção em Mack.

— Já dei um telefone para seu golem, de modo que ele possa mandar mensagens para você, caso isso seja necessário.

— Ele sabe mandar mensagens?

— É claro que sim. Ele é um golem — explicou Rose —, não um adulto. Agora: sobre o dinheiro. Vocês têm um orçamento limitado. Podem gastar tudo o que têm, mas se isso acontecer, não ganharão mais. Se desperdiçarem, ficarão sem nada. E, lembrem-se: vocês têm muito a fazer.

Mack pensou em comentar mais uma vez que não pretendia ir a lugar algum, mas estava começando a aceitar que provavelmente teria que ir. A história de seus pais correrem perigo de vida parecia séria de verdade. Nove Ferros era um velhote maluco, mas as cobras tinham sido bem reais, e a espada, apesar de lenta, era bem afiada também.

E ainda tinha os insetos gigantes.

Ele despertou de seus pensamentos quando ouviu palavras que tendem a despertar as pessoas dos pensamentos delas.

— Você acabou de falar "um milhão de dólares"?

— Não é tanto quanto parece. Vocês vão pagar por viagens aéreas, hospedagem e alimentação, e tudo isso é caro. Talvez também precisem subornar alguém. Talvez precisem contratar assassinos. Com certeza quase absoluta precisarão de cuidados médicos.

— Cuidados médicos? — Mack engoliu em seco.

Rose fechou a pasta de couro, colocou-a de lado e se inclinou para Mack. Seu perfume era cítrico e ainda assim sedutor.

— Não me forneceram detalhes sobre isso — explicou Rose. — Não todos os detalhes. Só sei que o dinheiro vem de uma conta bancária suíça aberta no ano de 1259.

— Faz um tempão.

— O ouro usado para abrir a conta estava em um pequeno cofre que ainda existe, apesar de ser de uma época muito, muito anterior a 1259. Estou falando de coroas de ouro de Ur, rubis do antigo Egito, diamantes do império de Axoca, o Grande. Uma riqueza vinda dos quatro cantos do mundo.

— Uau!

— Em uma época, o conteúdo daquele cofre chegou a valer quase um bilhão de dólares. — Rose suspirou e se recostou no banco. — Infelizmente, o banco usou um tanto desse dinheiro para investir em shoppings e fundos multimercado, então tudo que restou foi um milhão e sete mil e oito dólares.

— O que aconteceu aos sete mil e oito dólares? — perguntou Mack, desconfiado.

Rose sorriu e gesticulou mãos manicuradas num gesto que englobava toda a essência de Rose Everlast.

— Este visual não é barato — explicou.

— Valeu muito a pena — comentou Stefan.

Mack brincou com o cartão de crédito entre os dedos.

— Por que eu?

Rose deu de ombros.

— Você conhece um velhote com aparência de morto chamado Grimluk?

Rose negou com a cabeça.

— Já ouviu falar da Nafia?

— A máfia?

Mack sacudiu a cabeça.

— Deixa pra lá. — Ele olhou para Stefan. — Você não precisa fazer isso, cara.

— Você tá comigo, irmão — retrucou Stefan. — Isso é, tipo, sagrado. Sem contar que... é um milhão de dólares, né?

Rose tirou um envelope retangular do bolso externo da pasta.

— Suas passagens.

Mack pegou-as.

— Para onde a gente vai?

— Só posso dizer qual será a primeira parada. Lá vocês devem encontrar alguém, uma criança como vocês. Não sei quem é essa pessoa, e não sei como vocês farão para encontrá-la. Minhas instruções foram para simplesmente colocá-los a caminho.

— Só ir a algum lugar e encontrar uma pessoa? — repetiu Mack, cético. — Você sabe que isso não faz o menor sentido, né?

— Sim, eu sei. Mas, para ser sincera, nada disso faz sentido para mim, embora pareça fazer sentido para aqueles que controlam essa conta corrente.

— Bem, isso é excelente mesmo — falou Mack. — Desculpe. Não queria ser sarcástico.

— Você precisa fazer essa pessoa se unir a vocês. Juntos, vocês vão encontrar o próximo membro do grupo, e assim por diante.

A explicação ao mesmo tempo perturbou e acalmou Mack. Perturbou porque ele não gostava de conhecer gente. Acalmou porque, com sorte, aquela pessoa poderia explicar para ele o que estava acontecendo.

— Então, onde está essa criança? — perguntou Mack.

— Na Austrália.

Mack ficou olhando para Rose. Pensou em algumas coisas para dizer, mas nenhuma delas era gentil.

— Maneiro — comentou Stefan, sorrindo. — Ouvi dizer que cangurus sabem lutar boxe. — Ele entrelaçou os dedos e estalou as juntas. — Vou arrebentar a cara de uns cangurus.

QUERIDO MACK,

OI, SOU EU, SEU GOLEM. DECIDI ESCREVER UM DIÁRIO PARA VOCÊ SABER TUDO QUE ACONTECEU ENQUANTO VOCÊ ESTAVA LONGE.

VOU ENTRAR EM CONTATO SÓ SE EU TIVER UMA EMERGÊNCIA, PORQUE O GRIMLUK ME FALOU QUE VOCÊ IA ESTAR MUITO OCUPADO FUGINDO DA MORTE QUASE CERTA.

MAS NÃO SE PREOCUPE: SE VOCÊ SOBREVIVER, VAI ENCONTRAR AS COISAS AQUI DO JEITINHO QUE DEIXOU. E VAI PODER LER TUDO SOBRE MINHAS AVENTURAS SENDO VOCÊ.

SEU AMIGO,
GOLEM

Treze

Mack e Stefan fizeram o voo da cidade de Flagstaff até Los Angeles sem problemas. Mack já tinha feito aquela viagem, mas era a primeira vez que Stefan viajava de avião. O fato de os carros parecerem de brinquedo quando vistos de um avião era novo para ele.

Mack passou o tempo refletindo sobre as mudanças bizarras em sua vida.

O aeroporto internacional de Los Angeles era bem maior do que o de Flagstaff, e os dois garotos se perderam enquanto tentavam encontrar a origem de um cheiro incrível de canela. Levou um bom tempo para encontrar o quiosque da Cinnabon, que vendia bolinhos de canela, onde testaram o cartão de crédito novo e descobriram que funcionava.

Funcionava muito bem, na verdade.

Depois foram até a loja de malas e compraram duas belas malas de rodinhas, e então seguiram diretamente para a loja de conveniência, onde encheram as malas novas em folha com chocolates, salgadinhos e muito refrigerante. Caso precisassem de uma muda de roupa, cada um comprou uma camiseta de lembrança.

A de Mack dizia THE OFFICE. A de Stefan, DEPARTAMENTO DE POLÍCIA DE LA.

Os garotos guardaram suas camisetas, e Mack comprou também um livro. Stefan escolheu uma revista, com muitas imagens e bem poucas palavras.

Aí os dois usaram seus iPhones e o cartão de crédito para se conectar ao Wi-Fi do aeroporto e baixar algumas músicas.

Mesmo depois disso tudo, eles ainda tinham muito tempo livre: o voo só saía às 22h30. Por isso Mack resolveu entrar na internet e pesquisar sobre a *Nafia*, porém não encontrou nada de útil.

Então procurou *Rainha Branca*, e só encontrou várias referências a xadrez.

Por fim ele procurou no Google a palavra *Vargran*. Surgiram apenas algumas referências a uma linguagem mítica, mas sem citar nem mesmo uma palavra na tal língua.

Nenhuma ajuda. Deprimente. Se o Google não tinha uma resposta, como Mack ia conseguir descobrir essas coisas?

Finalmente chegou a hora de embarcar no avião. Eles encontraram seus assentos; Stefan ficou na janela e Mack, na poltrona do meio. Na do corredor sentou-se uma mulher enorme, que ocupava todo seu assento e boa parte do de Mack também.

O garoto ficava mais nervoso a cada segundo. O mar ficava logo depois do aeroporto de Los Angeles. Eles sobrevoariam o oceano durante quinze horas consecutivas.

Mack tinha várias maneiras de lidar com suas fobias. Uma delas era gritar e sair correndo, o que ele estava tentado a fazer.

A outra, era tentar se convencer de que não havia nada a temer, usando a razão e a lógica e muito blá-blá-blá para se acalmar.

— É só água, não tem nada de errado com água. Só que é água salgada, mas quem liga pra sal, né, esse não é o problema, sal, tipo, quem se importa? O problema é que é fundo, cara, é fundo fundo fundo tipo quilômetros e quilômetros até o fundo tão fundo que a luz nem chega lá embaixo, e é cheio de peixes monstros radioativos, mas, tipo, é claro que se você afundasse tanto já estaria morto, mas isso não ajuda muito, né?

— Quê? — perguntou Stefan.

— O oceano. Eu não gosto do oceano. Eu não gosto nada, nada, nada, nada mesmo do oceano. Porque é, tipo, muito fundo, sabe? E você nem consegue ver o que tem lá embaixo.

— Ahn. A gente tá se mexendo.

— Eu sei que a gente está se mexendo, consigo sentir o avião taxiando. Não estou em coma, eu sei que a gente está se mexendo e se preparando para decolar e voar diretamente para o oceano.

— Provavelmente a gente não vai pousar no oceano — comentou Stefan.

— Provavelmente? Provavelmente? *Provavelmente* a gente não vai pousar no oceano? *Provavelmente?* Essa é mesmo a palavra que você quer usar?

A comissária de bordo escolheu aquele momento para começar a explicar os procedimentos de segurança. E qual era a parte de que Mack menos gostava? A parte sobre o salva-vidas debaixo do assento. Aquilo não ajudava em nada.

— É, vai ficar tudo ótimo contanto que eu tenha uma porcaria de um colete salva-vidas amarelo que eu vou ter que encher com a porcaria de um tubinho, e aí vou poder flutuar na droga desse oceano enorme, fundo e gelado, e não vou me afogar, o que vai ser ótimo porque aí os tubarões vão ter todo o tempo do mundo pra me encontrar e pra me comer aos pouquinhos e arrancar meus pés, e eu vou ficar gritando e aí eles vão morder minha bunda e aí...

Stefan o interrompeu:

— Foi mal, cara.

— Foi mal? — guinchou Mack, os olhos arregalados de pânico. — Foi mal por quê?

Stefan se virou no assento e deu um soco no maxilar de Mack. Não foi o soco mais forte de Stefan, nem de perto. Na verdade, poderia ser considerado quase um soco na cara amigável.

Ainda assim, o soco fez a cabeça de Mack girar e os olhos dele revirarem, interrompendo o fluxo infinito de palavras desesperadas.

— Obrigada — falou a moça gorda. — Ele precisava disso.

O avião já estava no ar quando Mack voltou a si.

— Cara! Você me socou!

— Você tá comigo, Mack. Não posso deixar você surtar.

Mack apalpou o próprio rosto. A mandíbula ainda estava presa ao restante do crânio, embora parecesse um pouco fora do lugar.

Ele deu uma olhada pela janela de Stefan e viu as luzes brilhantes de Los Angeles. Também viu a escuridão ameaçadora que marcava o fim da terra e o início do oceano.

Mack fechou os olhos com força e apertou o apoio de braço.

Não soube dizer por quanto tempo ficou daquele jeito, congelado. Em algum momento caiu no sono e, mesmo dormindo, continuou a apertar o apoio de braço.

Ele acordou com fome e viu que havia uma refeição ou algo assim na mesa dobrável. Stefan já estava comendo a dele.

— Você ficou resmungando — comentou Stefan.

— O que eu estava resmungando?

— "A gente vai morrer" — respondeu Stefan, mastigando um pedaço de carne. — Você ficou resmungando enquanto dormia.

— O que houve com a moça que estava sentada aqui do lado?

— Mudou de lugar.

Mack sentiu-se um pouco ofendido, embora não muito. A tela nas costas do banco à frente mostrava um mapa com a posição do avião sobreposta. Los Angeles já havia ficado lá atrás. Sydney, na Austrália, estava bem mais perto, mas ainda faltava um bom tempo para chegar.

— Como vou fazer isso? — perguntou-se Mack em voz alta. — Eu não sou nenhum herói, sabe.

— Ahn — concordou Stefan.

— Quando a gente chegar à Austrália, eu vou dar meia- -volta e retornar para casa.

— Por cima do oceano de novo?

— Você tem razão — aceitou Mack, tristonho.

— Eu vi um filme — contou Stefan. — Vê alguma coisa também, vai te distrair.

Então Mack assistiu a vários filmes, com as mãos ainda apertando os apoios de braço até sentir os dedos ficarem dormentes e os músculos doloridos. Ele também comeu um pouco — o pãozinho amanteigado estava gostoso.

Dormiu um pouco mais e, dessa vez, não resmungou sobre morrer. Resmungou, mas não fez nenhuma profecia sobre a destruição iminente. Acordou com Stefan gritando ao seu ouvido:

— *Ei!*

— O quê? O quê? O quê?

Mack percebeu instantaneamente que algo estava errado. Todo mundo sentado do lado dele no avião estava olhando para fora das janelas, apontando e cochichando.

— Uau — falou Stefan.

Mack não queria olhar porque, se olhasse, poderia ver o oceano escuro, ou pelo menos a escuridão na qual o oceano se encontrava. Mas ele precisava olhar. Todo mundo estava olhando, e ninguém parecia muito feliz com que estava vendo.

Então Mack olhou.

Logo depois da ponta da asa do avião havia uma aeronave pequena e elegante, diferente de tudo que Mack já tinha visto ou imaginado.

Não era um jato, obviamente. Tinha uma frente bulbosa que parecia feita de vidro preto. O bulbo estava envolto no que parecia ser hera metálica — pareciam trepadeiras, aquele tipo de planta que se prende nas varandas das casas, mas com um brilho metálico. As trepadeiras se enrolavam para trás, formando um tipo de cabo grosso, e depois se espalhavam e envolviam o que poderia talvez ser o motor. O motor, se é que aquilo era um motor, brilhava com a força de um pequeno sol vermelho na traseira da aeronave.

No geral, havia algo na aeronave que a fazia parecer uma planta venenosa com um caroço inchado em uma ponta e uma raiz radioativa na outra.

O avião girou para a esquerda de repente, se afastando do seu perseguidor muito menor. O piso se inclinou, os comissários de bordo gritaram, pedindo a todos para colocarem os cintos de segurança, e um deles tropeçou e caiu direto em cima de um casal com uma criança.

As pessoas gritaram. E ainda gritariam mais.

Do lado de fora, a aeronave seguia o avião sem precisar se esforçar.

O avião se endireitou e estabilizou. Aí, sem aviso, Mack perdeu o chão quando aparentemente o piloto fez o avião entrar em queda livre. Mack sentiu o coração na boca. Parecia a primeira descida de uma enorme montanha-russa e, por poucos segundos, Mack teve certeza de que não pesava nada.

A essa altura houve mais gritos (alguns deles vindos de Mack).

As refeições saíram voando, bebidas foram derrubadas, uma das portas do compartimento de bagagens acima dos assentos se abriu e cuspiu várias bolsas.

Do lado de fora, a flor vermelha continuava bem ao lado deles.

Enquanto Mack observava, horrorizado e impressionado, a porta da aeronave se abriu, uma coisa iluminada em vermelho intenso no interior escuro. Uma figura inumana surgiu, emoldurada pela luz.

Aí, apesar de as duas aeronaves estarem voando a mais de oitocentos quilômetros por hora e a mais de trinta mil pés de altura, a criatura pulou.

Ela pousou na asa do avião, desequilibrou-se por um momento e então se estabilizou.

E abriu um enorme sorriso direto para Mack.

QUERIDO MACK,

HOJE COMI PIZZA. MAS PERCEBI QUE NÃO TENHO ESTÔMAGO, ENTÃO TIVE QUE CUSPIR TUDO NA MESA. DEPOIS ENFIEI UMA COLHER NA BOCA E CAVEI UM ESTÔMAGO LÁ DENTRO. TOMEI O CUIDADO DE JOGAR A LAMA TODA NO VASO E DAR A DESCARGA VÁRIAS VEZES. AGORA TEM ÁGUA NO CHÃO TODO, ATÉ NAS ESCADAS. ACHO QUE A MAMÃE PERCEBEU.

SEU AMIGO,
GOLEM.

Catorze

MUITO, MUITO TEMPO ATRÁS...

D o topo das ameias do castelo Etruk, Grimluk via um mar infinito de árvores e campos verdejantes, e além dele as forças da Rainha Branca, que avançavam. Por onde passavam, queimavam tudo.

A floresta infinita era salpicada de pequenas vilas, que eram incendiadas pelos exércitos da Rainha. Matavam e comiam o gado, matavam e não comiam os homens, e escravizavam mulheres e crianças.

Colunas de fumaça se espalhavam pelos muitos quilômetros que a vista de Grimluk alcançava. O inimigo parecia avançar vindo de todas as direções ao mesmo tempo. O castelo Etruk, do qual Grimluk tinha começado a gostar após algumas semanas, estava cercado.

A aldeia próxima ao castelo estava vazia. Quase todo mundo tinha fugido. Se Grimluk virasse para a direita, veria o último aldeão desaparecendo na floresta, fugindo de sua casa do mesmo jeito que Grimluk tinha fugido da dele. Corria um boato de que havia uma falha nas linhas inimigas.

Gelidberry e o bebê também tinham fugido. Precisavam correr, por isso só levaram uma vaca. E a colher.

Gelidberry tentara convencer Grimluk a ficar com o talher.

— Você vai precisar comer para continuar forte.

— Não, Gelidberry, quero que o bebê herde a colher da família um dia. E se eu morrer...

Os soldados se mantinham em posição nas ameias do castelo. Estavam armados com espadas, lanças e alguns arcos, mas ninguém tinha esperanças de que aquelas armas fossem deter o exército que se aproximava.

Wick, que Grimluk tinha conhecido na estalagem, estava junto aos soldados; tinha sido promovido a capitão das lanças.

A esperança, porém, estava com os doze da Magnifica.

Doze pessoas não são grande coisa quando se vê todas juntas. Era um número enorme em termos abstratos — o único número maior que onze —, mas quando Grimluk olhou ao redor e viu aquele grupo trêmulo e assustado de jovens homens e mulheres, não ficou nada impressionado.

Eram sete homens e cinco mulheres. Alguns eram ricos, fato comprovado pela grande quantidade de dentes que tinham, pelas roupas excelentes — dois deles tinham até botões! — e pela educação superior.

Os outros eram pobres e vestiam sacos de estopa, com buracos para os braços e cabeça. Alguns eram muito pobres e não vestiam nada, somente uns tufos de grama estrategicamente localizados e grudados com lama, o que na melhor das hipóteses era desconfortável, e desastroso sob chuva forte.

A mais rica e mais bem-educada da Magnifica era uma mulher chamada Miladew. Apesar de sua boa situação, ela se aproximara de um homem chamado Bruise.

Bruise era pobre e ignorante, mas era um ótimo caçador, fato evidenciado pela tanguinha preta e branca feita de couro de gambá e pelos fabulosos sapatos de crânio de javalis (com as presas e tudo).

Os sapatos de javali faziam muito barulho ao baterem no chão de pedra das ameias do castelo, e claramente machucavam Bruise ao andar, porque ele soltava gemidinhos a cada passo. O couro de gambá exalava um aroma especial que, embora não pudesse ser descrito como agradável, com certeza era melhor do que o fedor que tomava o interior do castelo, onde açougueiros jogavam tripas de porco e vaca em pilhas de cocô humano para a diversão de muitas, muitas (muitas) moscas. Os açougueiros com certeza teriam jogado restos de comida na pilha também, mas restos de comida só seriam inventados dali a alguns séculos.

— Como a Terra poderia ser plana e ter quatro cantos? — perguntava Miladew para Bruise. — Todo mundo sabe que a Terra tem seis cantos, e em um deles um prego gigante nos prende à enorme careca de Theramin. Pobre Bruise, temos que educá-lo melhor.

Bruise assentiu e olhou para baixo, envergonhado.

A bruxa Drupe se juntou a eles no topo da muralha. Ficou observando as colunas de fumaça que se erguiam da floresta.

A Magnifica se reuniu em um círculo em volta dela. Drupe tinha sido a professora deles durante as longas e assustadoras semanas em que lutaram para aprender o idioma vargran. Mas nenhum deles tivera muito sucesso. A perna de elefante de Drupe se transformara na pata de uma ave que ela chamava avestruz. A pata era estranhamente comprida, e todos temiam que Drupe fosse tropeçar a qualquer instante.

— Cada um de vocês aprendeu uma parte da língua vargran — disse Drupe. — Cada um de vocês tem a *sapiência iluminada*. Portanto, cada um de vocês possui o poder que age através do vargran. O poder capaz de convocar lanças e fazê-las lançarem-se sozinhas. O poder capaz de convocar um frio tão terrível que fará o mais resistente soldado congelar. O poder de se mover com a velocidade de uma gazela. O... — Ela percebeu que vários companheiros a olhavam, confusos. — É um animal. Tipo um veado. Porém mais veloz.

— Ah — murmurou a Magnifica.

— A questão é que cada um de vocês tem poderes mágicos para utilizar na batalha iminente. Isso significa "que vai acontecer a qualquer momento".

Um cara chamado Hode Faminto — o nome dele era Hode, e uma vez ele dissera que gostaria de comer mais de uma refeição por dia — interrompeu.

— Mas, Drupe, nós vamos mesmo conseguir impedir a Inimiga Temível?

Drupe olhou para ele com um misto de pena e desdém.

— Com os poderes da língua vargran, vocês serão capazes de lutar contra os elfos tong, os weramins, os skirrits, os bowands, os gudridans... Contra todas as muitas, muitas (muitas) criaturas horrendas da Inimiga Temível. Talvez consigam até enfrentar a princesa. Mas seus poderes, separados, não serão nada para a Rainha Branca em si.

— Mas então... — Hode Faminto começou a falar, mas Drupe tinha pegado o embalo.

— A Inimiga Temível tem todos esses poderes e mais. Ela pode se transformar em qualquer coisa. Pode encolher como uma formiga e inflar até um tamanho que suas mentes limitadas jamais poderiam conceber.

Grimluk tentou imaginar qual seria aquele tamanho. Cavalos eram grandes. Vacas eram grandes. Drupe se referia a algo ainda maior? Ele concluiu que era melhor não perguntar.

— Ela cospe fogo! — gritou a bruxa. — É capaz de lançar feitiços que transformam poderosas paredes de pedra em poeira. Ela tem poções e pós mágicos. Comanda as feras perversas da floresta: as cobras, os javalis, os carrapatos, as minhocas, os unicórnios e as marmotas gigantes!

Grimluk olhou para seus colegas da Magnifica. Eles pareciam tão assustados quanto ele. Ninguém sabia o que eram weramins ou marmotas gigantes, mas Drupe parecia pensar que essas coisas eram muito ruins mesmo.

— Mas como, então? — perguntou Grimluk, a voz trêmula. — Como vamos derrotar a R... quer dizer, a Inimiga Temível?

Drupe esticou uma das mãos retorcidas e agarrou o ombro de Grimluk com força. Olhou bem em seus olhos. Mas como Drupe só tinha um olho, escolheu olhar em apenas um dos olhos de Grimluk, o esquerdo. Não que isso faça diferença.

— Eu não sei — respondeu ela.

— Hum... Quê? — perguntou Grimluk.

— O que ela quer dizer com "eu não sei"? — perguntou Bruise a Miladew.

— Eu sei que existe um jeito — disse Drupe. — Eu sei que, se vocês doze descobrirem uma forma de unir todos os seus poderes, toda sua coragem em um só golpe poderoso, vocês teriam o suficiente, e nada mais que o suficiente, da *sapiência iluminada* para vencer a R... quer dizer, a Inimiga Temível. — Drupe largou o ombro de Grimluk e deixou a cabeça pender. — Está nas profecias dos Antigos Mais Antigos. É por isso que depositamos todas as nossas esperanças em vocês. Os doze dos doze, cada um cheio de *sapiência iluminada*, todos os doze unidos como um, podem impedir a Inimiga Temível.

— "Podem"? — repetiu Grimluk, esperançoso.

— Quer dizer, "talvez " — corrigiu-se Drupe.

— Porcaria — soltou Grimluk.

Drupe se afastou deles alguns passos, até a beirada da muralha, e observou a floresta.

— Não será esta noite, mas na próxima noite a Inimiga Temível virá. Se falharmos... Então toda maravilha de nossas vidas, nosso modo de viver feliz, o luxo e a magnificência, o prazer infinito de nossa liberdade, tudo estará condenado. E todo o mundo servirá à Ini... — Ela parou, ergueu o punho e sacudiu-o em direção às colunas de fumaça cada vez mais próximas. — Não, eu direi o nome dela! — gritou, com uma mistura de medo e desafio. — A batalha final se aproxima, e eu direi o nome dela. Ela está vindo! Ela está vindo! A Rainha Branca!

Quinze

Era difícil dizer o tamanho do monstro parado na asa do avião. Talvez não fosse maior do que um homem.

Mas não era um homem.

Sob a luz piscante da asa do avião, Mack viu algo coberto por pelos cor de cobre curtos e lisos.

O monstro na asa tinha duas pernas pequenas e atarracadas que terminavam em pés quase humanos, embora fossem grandes demais. Mas a maior concentração de peso estava na parte superior do corpo, com ombros largos e musculosos e braços fortes, que davam em uma floresta de tentáculos. Imagine que os braços fossem árvores — eram mais ou menos da espessura de troncos mesmo —, e agora imagine que essas árvores tivessem sido arrancadas do chão, as raízes ficando para fora, todas interligadas, balançando. As raízes, ou tentáculos, tinham tamanhos variados, de alguns centímetros até poucos metros.

Os pés do monstro estavam plantados na superfície de alumínio da asa de modo não muito firme, mas os braços e os tentáculos seguravam na borda com bastante força.

Mas, por pior que fossem os tentáculos — e Mack definitivamente não estava nada contente com os tentáculos —, a cabeça da criatura era muito pior. Algum gene obscuro e inexplicável tinha resolvido que os olhos e a boca ficariam invertidos. Os olhos — pequenos e redondos, muito brancos e sem sinal de pupilas — ficavam abaixo da boca, que tinha dentes muito estranhos. Pareciam quebrados, como se a criatura antes tivesse uma bela fileira de dentes, grandes, brancos e brilhantes, e depois os tivesse acertado aleatoriamente com um martelo, deixando somente cacos rachados e afiados.

Quando aquilo olhou para Mack com seus olhos brancos e gelatinosos e sorriu com seus dentes partidos, o garoto não teve dúvida, nenhuma dúvida mesmo, de que a criatura estava ali para pegá-lo.

— Uau — disse Stefan. — Que louco!

Os comissários de bordo diziam para todos permanecerem calmos, mas eles mesmos não pareciam estar muito calmos. Qualquer um podia ver que a criatura estava atravessando a asa em direção ao avião.

— Está vindo para me matar — falou Mack, soando bem mais calmo do que se sentia.

— Você tá comigo — afirmou Stefan, mas para Mack ele parecia um pouco inseguro.

— Aquela coisa não vai conseguir entrar, vai? — perguntou Mack com uma voz trêmula e aguda e definitivamente nada heroica.

— A porta não pode ser aberta pelo lado de fora — ginchou um comissário de bordo, exatamente no mesmo tom de Mack. — Provavelmente.

— Eu odeio *provavelmente* — falou Mack. Ele tentava pensar em uma forma de escapar, em um jeito de lutar contra o monstro ou, se tudo o mais falhasse, em um modo de se esconder. — O banheiro!

— Cara, eu também tô com vontade — disse Stefan —, mas a gente tem um problema maior aqui.

— Eu quis dizer que a gente pode se esconder lá.

Stefan não discutiu. Clique, clique, e os cintos de segurança estavam soltos. Eles se levantaram rapidamente dos assentos e correram em direção ao banheiro.

— Sentem! — berrou o comissário. — O piloto ligou o aviso para manter os cintos afivelados!

O banheiro do avião era pequeno, mas os dois cabiam se Mack ficasse em pé em cima do vaso. Stefan se recostou na porta. Mack olhou para o próprio reflexo no espelho: ele parecia assustado. Aí percebeu o quanto Stefan parecia assustado, o que o aterrorizou ainda mais porque Stefan não tinha medo de nada, e se ele estava assustado Mack sabia que era melhor ficar apavorado.

De repente eles ouviram gritos do lado de fora.

Houve um estrondo e uma inacreditável corrente de vento que fez os ouvidos de Mack estalarem. A porta do banheiro foi arrancada e os dois foram sugados para o corredor.

O avião estava uma loucura. Guardanapos, saquinhos de amendoim, copos de plástico, bolsas, revistas e jornais, e livrões de capa dura voavam como se um tornado tivesse se formado ali dentro.

A porta — a porta oval que dava para o lado de fora — estava totalmente aberta. Mack via o céu negro da noite onde deveria haver uma reconfortante porta de metal.

A queda de pressão estava sugando todo o ar, e qualquer coisa que não estivesse presa ia direto porta afora. Era como se alguém tivesse prendido um aspirador de pó gigante ali e ligado na potência máxima.

Mack deu uma olhada para a direita. As máscaras de oxigênio tinham caído, tubinhos plásticos transparentes, presos em sacos plásticos que talvez inflassem, talvez não. As pessoas estavam agarrando enlouquecidamente as máscaras, que eram puxadas em direção à porta com tanta força que estavam quase na horizontal, balançando como se quisessem se libertar.

Os cabelos das mulheres estavam voando rumo à porta aberta também. Fones de ouvido eram arrancados das orelhas e também balançavam furiosamente. Um carrinho de bebidas rolou sem controle pelo corredor, bateu em uma parede, derrubou um Sprite e foi engolido pela porta aberta. *Chump!*

O avião se inclinava para baixo cada vez mais, como se quisesse dar um mergulho direto no oceano.

Onde havia tubarões.

Dos quais Mack não gostava nem um pouco.

Um bebê se soltou dos braços da mãe de repente e saiu voando para a porta.

Mack pulou, com os braços abertos, e agarrou o bebê pelo macacãozinho azul. Mas a sucção era tão forte que os botões de pressão fizeram *pop pop pop* e a criança, só de fralda, foi levada.

Stefan se esticou e agarrou o braço do neném, girou-o e o entregou para Mack, mas ao fazê-lo acabou perdendo o equilíbrio e escorregou para a porta.

A sucção estava diminuindo, mas só porque não havia mais ar.

Mack respirou fundo e só conseguiu encher os pulmões pela metade. Tentou voltar ao seu assento, para uma das máscaras de oxigênio, para a mãe que gritava, histérica, com os braços estendidos para o bebê. Mas aquela era uma caminhada ladeira acima agora, com o avião tão inclinado.

Mack teve que usar os assentos quase como uma escada, colocando uma perna de cada lado do corredor, tentando escalar enquanto seus pulmões esvaziavam e sua visão ficava vermelha.

Ele subiu até a mãe e, com suas últimas forças e quase perdendo a consciência, entregou o bebê a ela.

Mack se arrastou pelo encosto de um dos assentos — que agora estava na horizontal, como uma prateleira —, se esticou e pegou uma das máscaras de oxigênio.

O oxigênio fluiu livremente. Mack encheu os pulmões, agradecido, e procurou Stefan. Ele tinha conseguido se segurar em uma poltrona da primeira classe e também estava sugando o ar de uma das máscaras. O avião continuava a cair.

Foi então que o monstro da asa passou pela porta, segurando as divisórias do avião com os dedos de tentáculos.

O monstro forçou a entrada, abaixando a bizarra cabeça ao contrário, mas ainda assim sua boca babada e cheia de dentes raspou no teto.

Foi aí que a criatura fez algo muito estranho (até parece que antes disso tudo estava supernormal). Ela começou a derreter, a se transformar. Um tipo de vapor negro formou um casulo ao redor dela, um redemoinho que a escondia das vistas dos passageiros.

Quando a fumaça se dissipou, não havia mais monstro. No lugar dele, estava a garota mais linda que Mack já vira ou imaginara.

A garota tinha lindos cabelos ruivos e olhos mais verdes do que Mack pensava ser possível. A pele era alva e perfeita. Os lábios tinham um tom de vermelho bem escuro.

Ela estava de pé sem dificuldade, como se o piso inclinado do avião não fosse problema algum.

Sorriu, e foi como se o sol tivesse aparecido no meio de uma tempestade, e como se aquele sol brilhasse para Mack e somente para ele.

— Olá — falou ela em uma voz divertida e melodiosa. — Você deve ser o Mack.

Mack inspirou fundo na sua máscara de oxigênio e se perguntou, em algum canto obscuro de sua mente, como ela conseguia respirar e falar, e como as ondas sonoras podiam se propagar no quase vácuo do avião. Ele tinha aprendido nas aulas de ciência que ondas sonoras precisam de ar. Inclusive tinha feito um experimento sobre isso... Mas nada disso importava de verdade naquele momento porque a garota mais bonita da história da humanidade estava falando com ele, só com ele.

— Oi — murmurou ele na máscara de plástico. — Eu sou Mack.

— É um prazer conhecê-lo, Mack. Meu nome é Ereskigal. Meus amigos me chamam de Risky.

— Não duvido — retrucou Mack.

— Venha, Mack — falou ela, estendendo uma das mãos, a pele perfeita e alva, e as unhas pintadas de vermelho. — Vamos sair daqui.

QUERIDO MACK,

TIVE UM DIA EXCELENTE NA ESCOLA. A MOÇA CHAMADA SRTA. CHAPMAN ME PERGUNTOU SE EU AINDA DEVORAVA OS LIVROS. ELA ESTAVA SORRINDO, ENTÃO PERCEBI QUE AQUILO DEVIA SER UMA COISA BOA. FALEI QUE SIM. DEVOREI UM LIVRO PARA ELA E ELA PAROU DE SORRIR. AÍ CONHECI UM MOÇO CHAMADO COORDENADOR FURMAN, QUE ME PERGUNTOU QUAL ERA MEU PROBLEMA. EU EXPLIQUEI A ELE QUE NÃO TENHO NENHUM PROBLEMA PORQUE SOU UMA CRIATURA SOBRENATURAL FEITA DE LAMA. ELE ME MANDOU EMBORA.

SEU AMIGO,
GOLEM

Dezesseis

— Eu tô bem aqui — falou Mack.

— Ele tá bem ali — repetiu Stefan, chegando o mais perto que conseguiu por conta da máscara de oxigênio.

Risky sorriu. Era um sorriso deslumbrante. Mas não muito amigável, na verdade.

A temperatura no avião tinha caído muito. Mack via o vapor da própria respiração saindo da máscara quando ele expirava.

— *Eng Ereskigal, Arbast* — disse Risky. — *Eng-ma!*

De repente Mack se levantou da poltrona e começou a caminhar como um zumbi. Como um zumbi das antigas, não tipo os zumbis maneiros de *Extermínio* ou *Eu sou a lenda*, que conseguem correr super-rápido.

Ele andou com joelhos duros que não conseguia controlar.

Mack sabia que não conseguia dominar as próprias pernas porque tirar a máscara de oxigênio e ir em direção ao

114

redemoinho gelado e barulhento que se formava naquela terrível porta aberta não eram coisas que ele queria fazer.

Definitivamente não eram coisas que ele queria fazer.

Mas suas pernas se mexiam, independentemente da vontade dele.

E Risky sorria.

Mack tentou respirar no ar rarefeito. Tinha mais ar do que antes — não havia um vácuo tão grande agora que o avião havia perdido altitude —, mas era como tentar encher os pulmões depois de uma longa corrida respirando por um canudo.

— Não! — gritou Mack, embora sua voz não tivesse se propagado muito. De alguma forma Risky conseguia se fazer ouvir bem mesmo sem o oxigênio, mas Mack soava como um camundongo.

A boca de Mack gritou "não", mas suas pernas e pés disseram "vamos nessa!".

Risky se inclinou para ele, o rosto a centímetros do de Mack. Ela cheirava a florestas sombrias à noite, e ao balcão de uma perfumaria, e um pouco como a tia de Mack, Holly, que morava em um ônibus escolar reformado em uma fazenda comunitária em Mendocino.

Era um cheiro intoxicante.

— Pobre Mack — falou Risky. — Você realmente pensou que podia ser da Magnifica? Você achou que poderia correr para lá e para cá como um herói e que impediria minha mãe de recuperar o que é dela?

Mack não tinha uma boa resposta para aquilo. Ele não estava escutando de fato; marchava com seus pés de chumbo para a porta aberta, tão próximo que poderia esticar a mão e tentar agarrar a soleira e se segurar, mas não conseguia, seus dedos estavam escorregando, e Ai meu Deus, dava para olhar direto para baixo e ver as ondas brilhando sob o luar muitos quilômetros abaixo.

— *Odaz* — sussurrou Risky. — *Odaz-ma!* — gritou, triunfante.

E Mack chegou à beirada, segurando as laterais da porta, a ponta dos pés já para fora, como um surfista na beirada da prancha. O vento espancava o garoto, fazendo as bochechas vibrarem, o cabelo sacudir e os olhos lacrimejarem.

Risky parou atrás dele. Mack sentiu a mão dela em suas costas.

— Mas de jeito nenhum! — berrou Stefan, embora sua voz estivesse tão estridente quanto a de Mack. Ele olhou para trás e viu Stefan balançando um negócio preto e enorme.

Stefan atingiu a cabeça de Risky por trás com a bagagem de mão de alguém.

Risky perdeu o equilíbrio e deu uns passos para frente, quase empurrando Mack pela porta. Mas o garoto foi rápido. Soltou uma das mãos, girou, agarrou Risky pelo lindo cabelo ruivo, estendeu um pé e fez Risky tropeçar porta afora.

Ela caiu.

Mas, ao cair, estendeu um dos braços, agora o braço cheio de tentáculos do monstro, e aprisionou por completo o braço livre de Mack. A pressão do vento a oitocentos quilômetros por hora arrastou Risky, e Risky arrastou Mack. Stefan apertou o amigo com força e tentou se segurar, mas não adiantou, não adiantou nada.

Mack se soltou e voou pela porta.

A asa do avião passou voando por debaixo dele e a cauda passou como uma grande foice. Mack quase foi acertado pela cauda, mas continuou a cair, girando e rodando e gritando na escuridão.

Stefan tinha soltado Mack, mas era tarde demais para se salvar. Enquanto Mack girava loucamente pelo ar, via flashes do amigo sacudindo os braços como um boneco maluco em queda livre, girando fora de controle.

E Risky caía também, as roupas ondulando de forma cômica, o cabelo vermelho girando como em um tornado. Ela gargalhava enquanto caía. Mack não conseguia ouvir o som por sobre o barulho do vento, mas via o sorriso dela.

Os três estavam próximos, a poucos metros uns dos outros.

O avião, por outro lado, já estava muito longe, muito alto, se afastando deles a oitocentos quilômetros por hora.

Mack via o céu iluminado pelo luar e pelas nuvens prateadas. Via o oceano e as ondas lá embaixo. A leste, o sol estava começando a se erguer na curva da Terra. E, na outra direção, ele quase conseguia enxergar o que pareciam ser as luzes de uma cidade — Sydney, sem dúvida.

O oceano que ele temera por tanto tempo se aproximava a uma velocidade absurda, pronto para destruí-lo como se ele fosse um inseto colidindo contra o para-brisa.

Os tubarões comeriam o que sobrasse.

Dezessete

— Nãããããããããão! — gritou Mack, mas o vento arrancou as palavras de sua boca.

O avião originalmente estava voando a mais de trinta mil pés de altura, mas a altitude tinha diminuído durante a queda de pressão, sendo de uns vinte mil pés no momento em que Mack caiu.

Mack se lembrou de ter lido uma vez que a velocidade mais alta que um objeto em queda podia atingir era de mais ou menos 120 metros por segundo. O que era bem rápido. Tipo 432 quilômetros por hora.

Se tivesse acesso ao seu computador e pudesse usar o site Wolfram|Alpha, Mack teria percebido que não tinha muito tempo.

Mas é claro que havia um problema muito mais imediato com o qual lidar: a falta de ar.

Pouco antes de perder a consciência, Mack viu a aeronave menor, a coisa esquisita de Risky que parecia uma planta voadora, se aproximando a uma velocidade estranhamente lenta.

Parecia estar planando, mas Mack sabia que aquilo poderia ser uma ilusão.

Mack perdeu os sentidos.

No entanto acordou durante a queda para o oceano e de volta à atmosfera da terra, atravessando várias camadas de uma inconsciência persistente. Por aqueles primeiros segundos, Mack ficou perdido, sem saber o que tinha acontecido ou onde estava.

A verdade o atingiu como uma facada no peito.

Mack gritou, apavorado.

Ele estava muito mais perto do oceano. Quatro quilômetros. Havia ar a quatro quilômetros de altura, mas ainda estava extremamente frio.

O que não seria um problema por muito mais tempo.

Se é que você me entende.

Ele teve tempo de gritar mais uma vez, e foi o que fez. Seu cérebro, no entanto funcionava a uma velocidade desesperada. Como sobreviver a uma queda de seis quilômetros de altura?

Resposta: Não tem como.

A gravidade o capturara e estava determinada a esmagá-lo na superfície do oceano, que àquela velocidade mais pareceria concreto.

Ele precisava de tempo para pensar! Precisava parar de cair. Parar tudo, porque se não parasse tudo, morreria aos 12 anos, um corpo destruído comido pelos tubarões e os ossos cobertos por corais.

Ele precisava parar o tempo.

Dava para ver as ondas, brilhantes sob o luar, as pontinhas tingidas de cor-de-rosa pelo sol nascente.

— *Ret click-ur!*

Foi o que Mack gritou, com os olhos fechados, o corpo retesado, pronto para o impacto que quebraria seus ossos e estouraria sua carne como um balão cheio d'água. As palavras surgiram de algum recôndito da memória, uma frase ouvida e quase esquecida em um idioma que ele não reconhecia nem compreendia.

O vento parou. Essa foi a primeira coisa que ele percebeu. O vento parou.

Mack abriu um dos olhos. As ondas continuavam ali, abaixo dele. Estavam tão perto que dava para sentir a maresia.

Mas elas não estavam chegando *mais perto*.

Mack estava pendurado no ar, encolhido como se estivesse mergulhando em uma piscina e quisesse espirrar muita água, para depois voltar nadando para o trampolim.

Ele estava tremendo tanto, de frio e de medo, que achou que os tremores fossem fazer seus braços se soltarem dos ombros.

Por incrível que pareça, o oceano não estava mais se aproximando dele a uma velocidade quatro vezes maior que o limite da maioria das estradas do país.

Mack virou o rosto de um lado para o outro. Viu estrelas e, cercado por elas, Stefan. O maior bully de todos estava paralisado no ar, como ele.

A garota, Risky, tinha sumido. Assim como a aeronave bizarra que Mack lembrara ter visto planar e quase parar ali por perto.

— Ahn — falou Stefan.

— Estamos vivos — sussurrou Mack. — Funcionou.

— O que funcionou? — perguntou Stefan calmamente.

— Eu falei as palavras que aquele velho, o Grimluk, falou quando fez tudo parar.

Stefan pensou sobre isso por um instante, depois falou:

— Ahn. E agora?

Mack não estava preparado para pensar no "e agora?". Seu coração ainda estava tentando pular fora do peito. A barriga ainda estava mais fria que o polo sul. Seu corpo inteiro tremia como se estivesse jogando um game de corrida em uma fase com estradas de terra.

— A que altura você acha que estamos? — perguntou Mack.

— Menos do que a gente estava — respondeu Stefan sensatamente. — Se a gente caísse dessa altura provavelmente não seria tão esmigalhado.

Mack deu uma olhada na escuridão ao redor. Dava para ver a costa claramente, com as luzes brilhantes de Sydney e os bairros mais distantes espalhados no sentido norte-sul.

E, na outra direção, o sol estava nascendo, expulsando a noite. Na verdade, era bem bonito, com todos aqueles tons de cor-de-rosa e lilás.

— O negócio é o seguinte — falou Mack quando recuperou a compostura. — Não sei exatamente como desligar essa parada. O feitiço, ou seja lá o que for.

— Ahn.

— Talvez eu precise dizer uma coisa totalmente diferente, mas tenho a impressão de que Grimluk falou a mesma coisa nas duas vezes. Sabe, quando você aperta o botão de ligar de algum eletrônico, normalmente é só apertar o mesmo botão para desligar, certo?

— Ahn.

— A questão é que, tipo, a gente meio que parou o tempo ou sei lá o quê...

— Você parou o tempo, não eu — interrompeu Stefan, como se quisesse se eximir da responsabilidade.

— Então, se eu ligar o tempo de novo, voltaremos a fazer o que estávamos fazendo?

— Claro.

— A cair?

— É — concordou Stefan —, mas a gente não ia cair de uma distância tão grande.

— Não é com a distância que estou preocupado, é com a velocidade. E se a gente continuar na mesma velocidade de antes?

Stefan não tinha resposta para aquilo, nem Mack. Mas naquele momento ele percebeu algo: um veleiro. Estava sendo levado pela brisa, não muito longe dali.

— Acho que nossa carona chegou — falou Mack. — Vou tentar.

— E o negócio da... ah, deixa pra lá. Tanto faz.

— *Ret click-ur!* — gritou Mack.

A gravidade o agarrou de novo e o puxou direto para baixo. Mack atingiu a água com força suficiente para fazê-lo perder o fôlego. Suficiente para doer. Parecia um jogo de queimado especialmente ruim.

Ele mergulhou bem fundo, mais do que jamais esteve em uma piscina. Parecia que afundava cada vez mais e que nunca ia parar.

Mack nadou em direção à superfície, que parecia uma barreira prateada muito, muito acima dele.

Com os pulmões ardendo e o coração disparando, Mack nadou para cima, mas muuuuuuuito devagar.

E então, de repente, sua cabeça atravessou a superfície da água, e ele respirou fundo, sentindo a calidez e a umidade do ar.

Stefan estava boiando ali perto.

— Cara! A gente acabou de cair de um avião e sobreviver!

— Mas estamos no oceano!

— E daí? A água nem está tão fria.

— Ainda assim é o oceano! O *oceano*!

— É só água, cara. Relaxa. Está com medo de quê?

— Daquilo! — respondeu Mack, e apontou.

Apontou para uma barbatana cinzenta e triangular que cortava a superfície da água e que se virou, vindo bem na direção deles.

QUERIDO MACK,

SINTO MUITO POR... BEM, VOCÊ VAI VER QUANDO VOLTAR. TENTEI MANDAR UMA MENSAGEM, MAS ACHO QUE VOCÊ DEVIA ESTAR OCUPADO, OU SEU CELULAR ESTAVA SEM SINAL. DE QUALQUER JEITO, NÃO PRECISA SE PREOCUPAR: É TARDE DEMAIS PARA ISSO AGORA.

SEU AMIGO,
GOLEM

Dezoito

— *Ret click-ur!* — gritou Mack, mas só conseguiu engolir um bocado de água salgada.

Berrou de novo, mas a barbatana do tubarão continuou vindo. Nada parou. Nada mudou.

— Ahn — comentou Stefan.

— Aaaaaah! — gritou Mack. Ele sempre soube que sua vida terminaria daquele jeito.

A barbatana desapareceu sob uma onda que fez Mack flutuar como uma rolha. Ele sentiu algo grande passar por ele e empurrá-lo. O garoto soltou um berro aterrorizado e começou a nadar desesperadamente sem direção definida, contanto que conseguisse se afastar daquilo.

Mas daí veio a barbatana! Ela reapareceu na frente dele, vindo em sua direção, muito, muito rápido!

Então o tubarão girou para o lado, e Mack pôde olhar bem nos olhos malignos do animal.

Só que eles não pareciam malignos. E, em vez de uma enorme boca cheia de dentes afiados, Mack viu um sorriso simpático.

Foram necessários vários segundos para a verdade ser absorvida pelo cérebro do garoto. Não era um tubarão.

— É um golfinho — gritou Mack para Stefan.

— Tubarões são bem mais legais.

— O quê?

— Você não viu *Mega Tubarão Vs. Polvo Gigante*? Foi tão legal quando o tubarão comeu, tipo, aquela ponte inteira.

Mais uma vez Mack se perguntou se Stefan e ele sequer eram do mesmo planeta.

Então algo muito maior do que o golfinho apareceu. Uma grande vela branca. Estava mais perto de Stefan do que de Mack, mas os dois começaram a berrar.

— Ei! — gritou Stefan.

— Me salva! Me salva! Socorro! Pelo amor de Deus, me ajuda! — gritou Mack.

A vela — não dava para ver o barco porque estava escondido pelas ondas — sumiu de repente. E então eles conseguiram ver o barco em si, o casco azul com detalhes cromados. Estava vindo na direção deles, se aproximando devagar.

Havia um homem ao leme. Mal dava para vê-lo à luz fraca da aurora, mas Mack viu o brilho de um cigarro aceso.

Os garotos nadaram com empenho até o barco, que só estava a algumas dezenas de metros de distância. Mack tinha quase certeza de que seria devorado por um tubarão antes de conseguir subir a bordo. Mas ele ia tentar mesmo assim.

O sujeito se aproximou da amurada e jogou uma corda para os garotos. Stefan a pegou e a entregou para Mack, que a agarrou como se aquela fosse sua última esperança para sobreviver — o que provavelmente era mesmo.

Um minuto depois, eles foram içados a bordo e ficaram parados, tremendo e molhados, mas definitivamente vivos, ali no convés de teca do veleiro.

— Saíram para um mergulho, é? — perguntou o homem num sotaque que Mack supôs ser australiano.

Mack ficou encarando-o, confuso.

— Meio longe do porto de Sydney, amigo — continuou o homem.

— É — retrucou Mack, cuspindo água do mar. — Acho que a gente não pensou muito bem nisso.

— Ora, vocês são jovens — comentou o sujeito. — Todos nós fomos jovens um dia, né? Certo. Vamos secar vocês dois, arrumar alguma coisa para comerem. Em algumas horas vocês vão estar bem confortáveis aqui no barco.

— Obrigado — falou Mack. — Você salvou nossas vidas.

— Não agradeçam a mim. Agradeçam à minha filha. É por causa dela que estávamos procurando por vocês.

— Vocês estavam... o quê?

— Podem entrar na cabine, ela vai explicar tudo a vocês. E talvez faça uma omelete.

Stefan entrou primeiro e desceu as escadas estreitas até a cabine. Lá havia luz e calor e cheiro de comida. Mack quase — quase — conseguia esquecer que estava em uma embarcação minúscula no meio de um vasto oceano cheio de tubarões.

Havia uma garota sentada a uma mesinha apertada. Tinha pele escura, porém cabelos loiros, presos em um rabo de cavalo, e olhos castanhos. Estava bebendo café com muita vontade, tomando grandes goles, não bebericando.

Ela ergueu os olhos, sem demonstrar nenhum sinal de surpresa.

— Qual dos dois é?

Stefan, totalmente recuperado apesar de estar todo molhado e com um pedaço de alga preso no ombro, respondeu sem hesitar:

— Sou eu.

A garota inclinou a cabeça e riu.

— Não perca seu tempo dando em cima de mim, amigo. Você é um rapaz bonito, não me entenda mal. Mas não estou procurando um rapaz bonito, estou procurando um rapaz *magnificente*.

Ela olhou para Mack, analisando-o. Como se ele talvez valesse de alguma coisa, mas não exatamente o que ela estava esperando.

— Então é você. — Ela se levantou e estendeu a mão para Mack, que a apertou. Ele sentiu que a mão dela tinha calos; ela não era o tipo de garota obcecada por hidratantes. Parecia ter feito muito exercício na vida. Mack percebia coisas assim. Os ombros dela eram fortes; seu olhar era direto e nem um pouco tímido. — Meu nome é Jarrah Major.

— Meu nome é Mack. E esse é Stefan.

— Podem sentar, meninos. Não se preocupem com as roupas molhadas; vão secar logo, logo.

Mack sentou. Ainda estava assustado e confuso, e sentindo-se um pouco idiota.

— Seu pai falou que vocês estavam procurando pela gente. Como você...

Jarrah riu.

— Para resumir, eu sou a garota que você tinha que encontrar aqui na Austrália. Sou a segunda dos doze.

Dezenove

Uma das regras da Alta Literatura é: "Mostre, não conte." Mas outra regra da Alta Literatura é: "Não fique enchendo o saco com cenas chatas e longas em que nada acontece a não ser um monte de blá-blá-blá."

Então vamos só dar uma olhadela no que Jarrah contou a Mack e Stefan no caminho até o belo porto de Sydney, e daí seguimos em frente, pode ser?

O pai de Jarrah, Peter Major, era jornalista. Um "noticiarista", foi o que ela disse. Ele também era apaixonado por velejar, o que só era relevante porque foi assim que Jarrah conseguiu o barco que usou para encontrar Mack quando ele caiu do céu.

A mãe de Jarrah é mais importante para a história porque era uma arqueóloga, líder da primeira expedição da história a *entrar* no Uluru.

O Uluru era um rochedo enorme que ficava no meio do Outback (não, não o restaurante Outback, e sim o grande deserto australiano).

Ninguém nem sabia que havia uma parte interna no Uluru. Até Karri, mãe de Jarrah, ser a primeira a entrar. *Karri* e *Jarrah* são nomes indígenas. *Karri* é o nome de um tipo de eucalipto. *Jarrah* também.

Usando a mais avançada tecnologia em radares subterrâneos e outros equipamentos high-tech, Karri Major tinha descoberto um sistema de cavernas lá no fundo do Uluru. Por ser das tribos nativas australianas e participar do clã local, ela conseguiu convencer seu povo de que não seria um sacrilégio furar um pequeno túnel até uma dessas cavernas.

E foi isso que ela fez.

Assim que o barco aportou, o pai de Jarrah pegou o carro e os levou ao aeroporto de Sydney. Mack e Stefan precisavam ter muito cuidado para não serem vistos porque o avião do qual haviam caído tinha pousado. Havia jornalistas, policiais e muitos curiosos em volta, enquanto o porta-voz do aeroporto explicava que algo muito incomum tinha ocorrido durante aquele voo.

Sim, muito incomum.

Mack e Stefan tinham sido listados como desaparecidos. Aparecer de repente, vivinhos da Silva, só iria fazê-los se atrasar durante horas.

— O problema é o seguinte — disse o pai de Jarrah. — O voo para Ayers Rock ainda vai demorar.

Ayers Rock é a mesma coisa que Uluru. Mesmo lugar, nomes diferentes.

— Se ficarmos de bobeira aqui, vamos ser vistos — disse Mack, protegendo o rosto com a mão como se estivesse sob o sol forte. (O que não era verdade; ele estava dentro do aeroporto, lembra-se?)

— Não tem outro jeito — disse Jarrah.

— A não ser que a gente arrumasse um jatinho particular — retrucou Mack.

O pai de Jarrah soltou um som de desdém.

— Isso não é nada barato.

Mack pegou o cartão de crédito e o mostrou com um floreio.

— Sem problemas.

O avião particular era muito maneiro. Grandes assentos de couro que reclinavam até ficarem na horizontal. Carpetes macios. Uma excelente seleção de filmes. E um pequeno bufê, com queijos, biscoitos, camarões, um molhinho cor-de-rosa e refrigerantes.

Eles deixaram o pai de Jarrah no aeroporto e o voo seguiu para Uluru.

A intenção de Mack era ficar de olhos abertos caso a máquina voadora esquisita de Risky voltasse. Mas ele tinha passado uma longa noite sem dormir e estava mais cansado do que pensava ser possível. Cair de um avião direto no oceano cansa muito.

Ele acordou quando o avião estava começando a descer rumo a um aeroporto bem simplesinho. Quase não era um aeroporto, na verdade. Era só uma pista pavimentada e dois prédios baixos rodeados por uma enorme vastidão vazia e vermelha.

Era como se alguém tivesse reduzido um bilhão de tijolos vermelhos, a pó, e então espalhado-os por um milhão de quilômetros quadrados. Havia árvores, mas eram bem espaçadas entre si. E havia uma única estrada.

De repente Mack se deu conta de que estava muito, muito longe de casa. Ele nunca estivera tão longe assim. Já havia passado uns três dias na casa dos avós, em Michigan, quando os pais viajaram para... bem, para fazer seja lá o que os pais fazem quando largam seus filhos.

Mack achava que seus pais fossem sentir saudade. Se é que perceberiam que ele não estava lá. O golem não era exatamente uma cópia perfeita, mas era bem provável que fosse bom o bastante para enganar seus pais.

— Acho que estou com saudades de casa — falou.

— É claro que sim. Quem não estaria? — comentou Jarrah.

— Eu, não — respondeu Stefan, soltando um bocejo. — É bom sair de casa.

— Até parece que a gente está indo para o parque jogar frisbee — retrucou Mack, aborrecido.

Stefan riu.

— É. Isso é bem melhor.

Mack percebeu que talvez a vida de Stefan em casa não fosse lá essas coisas.

— Parece desolado, né? — falou Jarrah. Ela finalmente parecia amigável. Ainda bem. Se Mack ia salvar o mundo de uma vilã do mal e de sua filha linda porém muito louca, seria melhor que fosse com boas companhias.

— Parece um pouco com a minha casa — respondeu Mack. — Também sou do deserto. Arizona.

— Ha — desdenhou a garota. — Seu deserto é cheio de estradas e cidades. Tipo civilizado. O Outback é um pouco diferente. O lugar mais vazio do mundo, sabe? Milhões de quilômetros quadrados de quase nada. — Ela olhou para Stefan. — Vocês dois são amigos há muito tempo?

— Na verdade, Stefan era meu bully. Mas a gente superou nosso passado.

Stefan apontou para Mack com o polegar.

— Esse cara salvou minha vida.

Aquilo pareceu impressionar Jarrah, que lançou um longo olhar de avaliação para Mack. O avião continuava sua longa descida até o aeroporto mínimo.

— Você não parece um grande herói — falou ela.

— Tenho quase certeza de que não sou — retrucou Mack, cansado. — Minha garganta está arranhada de tanto gritar de medo. Não acho que heróis tenham esse problema.

O avião pousou sem problemas. Diante do terminal havia uma mulher alta e magra, com cabelo negro cacheado e pele bem escura esperando por eles.

— Mack, esta é minha mãe. Mãe, este é Mack. E este aqui é Stefan. Ele é o guarda-costas do Mack.

Karri Major estava coberta pelo pó vermelho que Mack tinha visto do avião. Usava calças largas e um colete com um montão de bolsos. Várias correias estavam penduradas em diversos lugares da roupa, presas a diferentes instrumentos: um martelinho, uma lima de aço, um pincel, uma câmera, uma lanterna.

— Então você é o menino do céu — disse Karri. Ela observava Mack com um olhar admirado, como se estivesse vendo um milagre ou encontrando o Dalai Lama. — Vamos, então — falou, e deu-lhe um pequeno encontrão com o ombro que pareceu estranho vindo de um adulto.

— Sim, senhora — falou Mack, mais porque não conseguiu pensar em mais nada para dizer.

Eles foram para o estacionamento, onde Karri seguiu na frente até um *buggy* do deserto. Era amarelo, mas estava tão coberto por aquela terra vermelha que menos de um palmo da tinta era visível. Parecia ter sido feito a partir da carroceria de um utilitário, mas havia uma plataforma na parte de trás e uma manivela na frente, além de pneus gigantescos. Uma fileira de refletores estava presa no teto do carro.

O *buggy* soltou um ronco bem satisfatório.

O caminho do aeroporto até o deserto foi tranquilo, com as janelas abertas. Depois de poucos minutos, Karri saiu da autoestrada e entrou em uma estrada de terra. Parou o carro e saiu.

— Tenho que recuperar o tempo perdido no trabalho — explicou. Ela pegou um laptop velho em uma mochila e trocou de lugar com Jarrah. A garota se sentou ao volante, que ficava do lado errado do carro, à direita, como é na Austrália.

Mack presumiu que ficariam ali parados por um tempo, mas Jarrah ligou a ignição, se virou, olhando para eles por cima do ombro, e piscou.

— Segurem-se, companheiros. A estrada é um pouco esburacada.

— Peraí. Você vai dirigir? — perguntou Mack com uma voz que esperava não ter soado muito apavorada.

— Não se preocupe — respondeu Karri. — Jarrah dirige aqui há muito tempo. Desde que tinha nove anos.

— É, não se preocupe — repetiu Jarrah.

Aí engatou a primeira e pisou fundo. O *buggy* roncou e saiu à toda pela estrada de terra. Parecia que um gigante tinha chutado o carro.

"A estrada é um pouco esburacada" tinha sido uma meia verdade. Mack sentia-se como se estivesse dentro de um liquidificador na velocidade "vibrar até a morte".

A estrada de terra era ladeada por um ou outro arbusto que batia nas laterais do carro quando eles passavam. Uma nuvem de poeira se erguia atrás deles.

— F-a-a-a-a-l-l-l-l-t-t-t-a-a-a-a m-m-m-u-u-u-i-t-t-t-o--o? — perguntou Mack. Era difícil falar sem destravar o maxilar, mas quando ele o fazia seus dentes batiam com tanta força que ele pensou que fosse quebrar algum.

— Não muito — respondeu Jarrah. Por alguma razão, ela não parecia estar chacoalhando tanto.

Jarrah sorriu, ergueu as sobrancelhas e pisou ainda mais fundo no acelerador, fazendo o *buggy* levantar voo em uma nuvem de poeira vermelha. Eles bateram no chão coberto de ervas daninhas com uma força capaz de quebrar os ossos e prosseguiram.

— Veja só! — gritou Stefan. Ele agarrou o ombro de Mack e apertou.

Mack olhou. Bem ali, à esquerda do carro, dois cangurus estavam correndo ao lado deles, pulando nas imensas patas traseiras como se estivessem tentando ultrapassar o *buggy*.

Apesar de estar levando uma surra da estrada, Mack sorriu. Tudo bem: cangurus. Dava para ser mais legal que isso?

— A gente pode encostar? — pediu Stefan.

— Você quer tirar uma foto? — perguntou Jarrah.

— Não. Quero lutar boxe com eles.

Jarrah olhou para Mack pelo espelho retrovisor e abriu um grande sorriso.

— Eu gosto do seu bully.

Ela continuou a dirigir àquela velocidade mortal e os cangurus ficaram para trás. Mas de repente o carro parou. Jarrah desligou o motor e abriu a porta.

— Por que paramos? — perguntou Mack.

— Porque você tem que ver isso — respondeu ela. — É para onde estamos indo. É a razão de vocês não terem se afogado lá no imenso oceano. É Uluru, companheiros... Uluru.

QUERIDO MACK,

SABIA QUE VOCÊ NÃO DEVE COMER GATOS? A CADA DIA APRENDO ALGUMA COISA NOVA. ENTÃO ACHO QUE ESTOU VIRANDO UM MACK CADA VEZ MELHOR. MAS TALVEZ TENHA ALGO ESQUISITO, POR-QUE OUVI MAMÃE SUSSURANDO PARA PAPAI QUE EU ERA MAIS NORMAL QUANDO ERA PEQUENO.

SEU AMIGO,
GOLEM

Vinte

MUITO, MUITO TEMPO ATRÁS...

As criaturas da Rainha Branca cercaram o castelo como um mar. Grimluk tinha visto muitas coisas feias na vida, mas aquela era a maior quantidade de feiura junta em um só lugar que ele seria capaz de imaginar.

Os skirrits estavam em maior número. Avançavam em fileiras bem organizadas, armados com lâminas afiadas e curvas como cimitarras. O golpe preferido deles era um movimento na vertical para cima, mais adequado à anatomia de seus braços insectoides. Os skirrits eram rápidos, precisos e mortais.

— De prontidão, irmãos e irmãs — comandou Grimluk para os outros onze. Embora tivesse sido o último a chegar, Grimluk demonstrara um domínio rápido dos conceitos básicos do vargran. E em mais de uma ocasião conseguira unir seus poderes aos dos outros.

A Magnifica ainda não tinha unido os poderes de todos os doze. Drupe os avisara que tal evento poderia destruí-los, além da Rainha Branca. Alguns acreditavam que destruiria o mundo inteiro, tal o poder necessário para impedir o avanço da Rainha.

Os elfos tong se moviam em clãs, bandos independentes incapazes de se organizar, cada um conduzido por um galho de um tipo de árvore. Havia os elfos tong pinheiro, os elfos tong bétula, os elfos tong carvalho. Suas armas preferidas eram tacos e galhos, às vezes aprimorados com lascas de pedra afiadas nas pontas.

Os Quase Mortos, é claro, eram ainda mais mal organizados que os elfos e tendiam a vagar por aí mais ou menos aleatoriamente, procurando algo vivo para comer. Às vezes eles se libertavam por alguns segundos dos encantos que os controlavam e não tinham problema algum em devorar um skirrit ou um bowand.

O problema dos Quase Mortos é que era muito difícil realmente matá-los. Eram humanos, não muito diferentes de Grimluk, exceto pelo fato de estarem mortos e famintos por carne humana. Mas a Rainha Branca os enfeitiçara de modo que, mesmo sem cabeça, um Quase Morto seguiria em frente, agarrando o que pudesse e tentando, de maneira bem idiota, comer sem possuir cabeça nem boca.

— Lembrem-se de que nossa tarefa não é lutar contra skirrits, bowands ou mesmo gudridans — falou Miladew em alto e bom tom. — Devemos seguir na direção da Temível, e de ninguém mais.

— Mas isso significa passar por todos aqueles inimigos — retrucou Bruise, fazendo um gesto largo que abarcava todo o mar de monstros.

— Sim — comemorou um camarada chamado Chunhee.

— Por todos eles!

Chunhee era o mais sedento por sangue da Magnifica. Ele tinha vindo de uma terra distante, cheia de dragões e hashis.

Drupe se aproximou deles e tocou de leve o ombro de Grimluk para avisá-lo de que estava ali.

— Mantenha os olhos abertos, meu bravo décimo segundo dos doze. Você saberá a localização da Inimiga Terrível pela luz que ela emitirá quando estiver pronta para atacar.

Foi como se o mundo tivesse se desequilibrado naquele momento, como se o grande disco que era o planeta tivesse se soltado e se inclinado à beira de um precipício. A respiração de Grimluk se acelerou, e ele desejou com toda a força estar com Gelidberry e o bebê. Até as vacas seriam de algum conforto àquela altura.

Então, subitamente, foi como se um segundo sol tivesse chegado. Uma luz vermelha, vermelha como sangue, borbulhou como lama, como o sangue espesso de um cavalo, vinda da direção que um dia se chamaria sul.

— Ali! — gritou Drupe, e apontou.

Cada um dos inimigos sentiu seu poder instantaneamente. Era como se tivessem sido atingidos por um raio. Não avançaram; pularam! Não marcharam; correram! Um único espasmo mandou ao ataque todos os bowands, sikirrits, elfos tong, dredges, grudridans, Quase Mortos e morcegos-vampiros como se fossem flechas voando dos arcos.

As paredes do castelo tremeram com o impacto.

Os bowands lançaram dardos venenosos de seus braços gosmentos e musculosos.

Bruise ergueu as mãos e gritou:

— *Marf ag chell!*

Os dardos se transformaram no ar. Quando caíram, eram migalhas de pão.

— Maneiro — falou Grimluk para o companheiro.

Infelizmente o vargran de Bruise não era poderoso o suficiente para proteger muitos além da Magnifica. De ambos os lados dos doze os dardos dos bowand encontraram seus alvos, atingindo pescoço, ombros e peito dos soldados. E o veneno os enfeitiçou com sua terrível magia, fazendo com que os homens fugissem apavorados de terrores imaginários. Alguns se jogaram das ameias, em pânico.

— Aos portões! — chamou Grimluk.

Os doze correram das muralhas, descendo pelas escadas estreitas de pedra que tremiam sob seus pés. Soldados assombrados se afastavam para deixá-los passar.

O portão era feito de enormes troncos de árvore, e era mais poderoso do que qualquer coisa existente. Ainda assim, só aguentaria mais alguns minutos de ataque das criaturas.

Lanceiros e arqueiros, treinados especialmente para aquele momento, formaram um semicírculo ao redor dos 12 Magníficos. Dez homens fortes tinham recebido a tarefa de abrir o grande portão. Drupe e outras duas bruxas poderosas ficariam a postos para ajudá-los a fechá-lo de novo. Mas todos sabiam que seria arriscado, e que o inimigo tomaria as muralhas assim que os doze corressem na direção contrária.

Todos estavam de prontidão.

Miladew abriu um sorriso trêmulo e assentiu para Grimluk.

— Tome a dianteira, Grimluk.

Ele fechou os olhos e imaginou Gelidberry e o bebê. De repente lhe ocorreu um bom nome para o bebê.

— Vitória.

— Vitória ou morte! — berrou Bruise.

— É — repetiu Grimluk, menos animado. — Ou morte.

Então, numa voz clara, porém tensa, gritou:

— Abram os portões!

O portão não só foi aberto, como arrancado.

Feitiços em idioma vargran voaram em todas as direções. O inimigo avançou. E Grimluk tomou a dianteira dos 12 Magníficos diretamente para as garras dos adversários, tão numerosos quanto as estrelas.

Vinte e um

Surgindo adiante, cada vez maior, o rochedo se aproximava. Ayers Rock. Uluru.

Parecia a maior bolha de sangue do mundo. Ao redor, em qualquer direção, a paisagem era plana, mas ali, sem qualquer motivo aparente, havia uma gigantesca, inacreditável, pedra marrom-avermelhada.

Se por "pedra" você quiser dizer "montanha". Ou melhor, "montanha achatada no topo".

— Dizem que ela caiu do céu — explicou Jarrah, gritando para ser ouvida.

— Quem disse?

— Os donos dela. As pessoas que viviam aqui muito antes de os europeus chegarem. O povo da minha mãe. Meu povo, também, em parte.

Karri ergueu os olhos do laptop e completou:

— É um inselberg. Foi o que restou de uma montanha bem maior que se erodiu. É o centro de uma montanha muito antiga. O mistério não é como a rocha chegou aqui, e sim como as pessoas chegaram.

— Por que isso é um mistério? — perguntou Mack.

— Os povos indígenas viveram aqui por pelo menos quarenta mil anos. Você deve ter notado que a Austrália é uma ilha. Então como eles chegaram aqui, milhares de anos antes de qualquer um aprender a navegar? E, uma vez aqui, por que eles pareceram esquecer como usar o mar? Por que resolveram morar no lugar mais desolado do mundo?

Mack refletiu sobre isso por alguns instantes enquanto observava o rochedo. Estavam se aproximando, Jarrah dirigindo a uma velocidade mais razoável, e começaram a contornar a pedra.

— Parece... — Mack começou a falar. Então percebeu que não sabia muito bem o que aquilo parecia.

— Parece familiar — completou Jarrah.

— É — concordou o garoto, surpreso.

— É como se fosse algo de que você se lembra, mas que nunca tinha visto. Como se tivesse aparecido em um sonho que você teve e esqueceu. Mas também não é bem isso. É como se este lugar estivesse lá no fundo do seu cérebro. Como se estivesse no seu DNA.

— É. É isso mesmo — concordou Mack, a testa franzida.

Jarrah piscou para ele.

— A maioria das pessoas se sente assim, ou pelo menos as que não são completas idiotas.

Eles pararam ao chegar a um pequeno acampamento. Havia três tendas empoeiradas e meia dúzia de carros. O acampamento ficava a uma distância respeitosa da muralha de pedra de trezentos metros de altura.

Estava calor, mas não era nada que Mack nunca tivesse sentido. Uluru estava iluminado pelo sol poente e a superfície da rocha brilhava, ainda mais vermelha que antes. De perto não era tão lisa quanto Mack esperara. Em alguns pontos parecia ter sido jateada com areia, como se algum gigante tivesse resolvido decorar a montanha, mas desistido antes de criar qualquer tipo de padrão.

— É para lá que estamos indo? — perguntou Mack.

— Não, aquele é só nosso acampamento-base. Vamos lá para cima. — Jarrah apontou para o topo do monte. — O povo indígena daqui não gosta que as pessoas escalem. Isso os magoa. É ver alguém pisar na bandeira de seu país, imagino. Os turistas fazem isso mesmo assim, mas este é um lugar sagrado.

— Tipo andar de skate numa igreja — falou Stefan, inclinando a cabeça para trás.

Mack percebeu que Jarrah ergueu as sobrancelhas, admirada com a metáfora do garoto. Mas ele suspeitava que aquilo não tivesse sido uma metáfora, e sim algo que Stefan tinha realmente feito.

— Mas nós temos permissão para subir — falou a mãe de Jarrah —, porque não estamos andando de skate na igreja, estamos aprendendo sobre a igreja, explorando-a.

— Temos que subir até o topo? — perguntou Mack, hesitante.

— Não é tão difícil — respondeu Jarrah.

Era muito difícil, sim, apesar do corrimão de corda que havia em alguns pontos da subida. Eles seguiram por uma fenda profunda na face da montanha, e às vezes o espaço era tão apertado que Mack tinha que tomar cuidado para não arranhar os ombros.

Quando chegaram ao topo, Mack estava exausto, com as coxas doendo e os joelhos fracos. Ele gostava de pensar que estava em forma, mas ele estava em forma para uma simples aula de educação física. Fugir de skirrits, atravessar o planeta em um avião, cair de muitos quilômetros de altura no oceano e depois escalar uma montanha era bem diferente.

Ainda assim, a vista do topo era incrível. O sol estava bem na metade do horizonte, raiando de vermelho e amarelo aquele céu infinito.

— Legal, não? — perguntou Jarrah. — Vamos, é melhor chegar ao poço enquanto ainda temos luz.

Uluru tinha uns cinco quilômetros de extensão, um platô inclinado, esburacado e falhado, mas em geral bem reto. O poço não ficava muito longe, facilmente localizável por causa da estrutura de madeira com um molinete e um motor.

Mack se aproximou cuidadosamente da beirada do poço. Era um círculo quase perfeito, uma descida vertical da qual não vinha nenhuma luz.

Ele começou a sentir seu alarme de medo tocar com urgência. A respiração já estava ficando acelerada, a garganta estava fechando e o coração batia meio descompassado.

— Quando descermos, vamos acender as luzes — falou Karri.

— Descermos? — perguntou Mack com a voz aguda. — Peraí. Vocês acham que nós vamos lá para baixo? Lá para baixo? Lá para aquele buraco escuro dentro de uma montanha gigantesca e vou ficar cercado de toneladas de pedra como se tivesse sido enterrado vivo?

— Temos tipo um elevador no sarilho. Você entra, se segura no cabo, e desce. Não é nada demais, na verdade — explicou Jarrah.

— Ah, ha, ha, ha, não. Não, não, não, não, não — retrucou Mack. — Não. Nãonãonãonãonão.

Karri e Jarrah ficaram olhando para ele, confusas.

— Você não tem claustrofobia, tem? — perguntou Karri.

— Tenho? — ginchou Mack. — Tenho, tenho, é claro que tenho. Eu tenho, tipo, sérios problemas com a ideia de ser enterrado vivo debaixo de uma pedra mística gigante no meio da Austrália!

Jarrah deu de ombros.

— Pensei que você fosse querer ver o que mamãe descobriu.

— Eu? Não. Pode me mostrar fotos. Ou só descrever mesmo. Porque de jeito nenhum, nenhum, nenhum. De. Jeito. Nenhum. Não. De jeito nenhum. Quer dizer, não.

— Bem, então essa viagem toda foi meio que um desperdício — falou Jarrah, claramente decepcionada. — Quer dizer, eu poderia ter te mostrado fotos em Sydney.

— Sim. Bem. Ninguém falou nada sobre a gente se enfiar num buraco até as entranhas da Terra.

— É verdade — admitiu Jarrah. — Então acho que você não...

— Não. Nem sei o que você ia dizer, mas a resposta é não.

— E se...

— Não.

— Mas se a gente...

— Não.

— O que é aquilo? — interrompeu Stefan.

— O que é o quê? — perguntou Mack. Mas enquanto fazia a pergunta, viu o que Stefan estava mostrando. Isso não significava que ele saberia responder o que era o tal negócio.

Porque *aquilo* era algo que ele nunca tinha visto.

Estavam em silhueta contra o sol poente, talvez vinte deles. Pareciam pequenos, não muito maiores do que Mack. Daria para se pensar que eram crianças, mas o formato estava errado.

E o jeito como eles se movimentavam estava errado.

Karri pegou uma lanterna de um de seus muitos bolsos e apontou para aquela direção. O facho de luz iluminou um rosto triangular cuja maior parte era ocupada pelos grandes olhos das criaturas noturnas. O nariz era uma fenda. As orelhas eram pontudas, como as de vulcanos do seriado *Star Trek*, mas com as pontas para a frente.

A boca estava aberta em um sorriso em formato de V, cheio de dentes que não cabiam na boca. Mas não era como se fossem dentuços, e sim como se os dentes fossem unhas, como se fossem garras que fossem dentes.

Haveria tempo depois (ou era o que Mack esperava) para se pensar em como descrever aqueles dentes.

O facho de luz da lanterna tremia enquanto Karri descia pelo corpo de uma criatura, iluminando um modelito um tanto estranho: bermudas de couro vermelhas presas com suspensórios verdes por cima de um colete brilhante.

As criaturas tinham braços longos demais, então elas arrastavam os dedos no chão quando andavam.

As pernas estavam nuas, o que não era nada bom, porque pareciam patas de cabrito, com pelos castanhos encaracolados parecidos com os que saíam de debaixo do garboso boné verde.

— Quem são vocês? E o que estão fazendo aqui? — perguntou Karri.

— Não fale; nós falamos.

Possuíam uma voz surpreendentemente grossa, considerando o tamanhico deles.

— Saiam daqui — insistiu Karri, cheia de coragem. — Vocês não têm permissão para estar aqui.

Mack imaginou que "não têm permissão" não seria o suficiente.

Ele tinha razão.

— Cale essa sua boca nojenta, suja, comedora de frutinhas, seu patético, saco molengo de água; sua meleca coberta de suor, fedida de queijo enfiada em palitinhos; sua falha ridícula da natureza. — Um deles lançou essa peroração (uma palavra que Mack tinha errado num concurso de soletrar), quase cuspindo e apontando o dedo fino e comprido na direção deles.

— Estou aqui por direito — falou Karri. — Agora, fora.

— É, cai fora. — Jarrah fez coro com a mãe.

Mack estava impressionado com a coragem delas. As criaturas, nem tanto.

— Nós somos elfos tong seringueira — falou o líder, com orgulho e arrogância que não combinavam nada com alguém daquele tamanho. — Vamos tomar o que viemos pegar, seu balão de sangue babão purulento!

E, com isso, todos os elfos tong seringueira — seja lá o que isso significasse — avançaram.

Vinte e dois

— Ahhhhhhhhhhhh! — gritou Mack, sabendo instantaneamente que aquele gritinho confirmava que ele não tinha nada de herói.

— Se não posso lutar boxe com os cangurus, vou arrebentar a cara de uns elfos então — comentou Stefan, se colocando em uma posição defensiva e entrando no modo *Comandos em ação.*

Três elfos pularam em cima dele em um segundo. Stefan caiu de costas no chão.

Outros dois agarraram Mack. Os dedos finos e delicados dos elfos não eram muito fortes, então ele conseguiu se livrar de um deles, mas foi aí que se lembrou dos tacos que, por incrível que pareça, eram bem parecidos com pinos de boliche.

Mack viu um bem de perto quando um dos elfos acertou seu nariz com ele.

— Aiiii — gritou. Seus olhos se encheram d'água, e Mack sabia que havia sangue jorrando de seu nariz. Ele queria correr, mas até onde ele lembrava, estavam no topo de um platô que acabava em penhascos de centenas de metros de altura.

Mack tentou dar um soco, mas errou, tentou de novo e errou mais uma vez.

Outro golpe do taco élfico o atingiu na parte de trás do joelho, que cedeu e o fez cair. Foi sua sorte: ele conseguiu se desvencilhar para longe de outro golpe, que só lhe acertou a orelha.

A dor foi intensa, mas se tivesse acertado na cabeça, com certeza Mack teria desmaiado.

Sob a luz fraca, ele viu Jarrah acertar um chute certeiro bem nas partes que doem do elfo que a perseguia.

— Ha! Você não entende nada da anatomia dos elfos, seu saco idiota e fedorento de secreções humanas!

A luta estava indo bem mal. Os quatro tinham caído de costas ou de joelhos em poucos segundos. Os elfos não eram muito fortes, mas estavam em maior número. Eram seis para um. A probabilidade de vencerem era pequena.

Foram derrotados em pouquíssimo tempo. Mack tinha sido amarrado de bruços, com as mãos presas aos pés, seu corpo formando um U.

Um U irritado, assustado e muito barulhento.

Stefan, Jarrah e Karri também tinham sido amarrados da mesma forma.

Enquanto isso, o sol se punha. Em breve estaria completamente escuro.

Os elfos — Mack ia levar algum tempo para aceitar que estava realmente usando essa palavra — formaram um círculo ao redor deles. O nível de educação e polidez entre eles era proporcional à brutalidade para com Mack e seus amigos.

— O que devemos fazer com eles, irmãos, amigos, companheiros dadivosos? — perguntou um dos elfos.

— Minha sugestão, feita com a mais completa humildade frente a elfos tão inteligentes e experientes, é que os matemos.

— Você sugere que cortemos suas gargantas? Ou prefere que simplesmente os esfaqueemos no coração, meu querido e sábio amigo?

— Devo dizer, com o único propósito de ser corrigido por meus superiores, que acho estrangulamento uma solução melhor — meteu-se outro.

O líder, se é que ele era isso mesmo, comentou:

— Só posso culpar a mim mesmo por não ter deixado isso claro, queridos irmãos, mas nosso acordo com a princesa exige que façamos o esforço de entregá-los vivos.

— Ah! Então ela mesma deseja matá-los?

— Sem dúvida, meu amado amigo. Como de costume, você logo chegou ao cerne da questão.

Aquilo pareceu ter sido uma piada, pois os elfos começaram a rir educadamente, dando tapinhas nas costas do que falara, parabenizando-o.

Mack não estava nada contente com a ideia de encontrar Risky de novo, mas parecia melhor do que ser estrangulado, esfaqueado ou esquartejado.

Era hora, concluiu ele, de tentar fazer o feitiço de Grimluk mais uma vez.

— *Ret click-ur!* — falou.

Isso fez os elfos pararem na hora, mas não porque o feitiço tivesse funcionado. Não funcionou.

— Você ousa usar a língua vargran contra nós? — guinchou o elfo líder. — Seu verme! Seu perverso pestilento!

Você acha que tem a *sapiência iluminada*? Um sapo feio e fedido como você?

— Bem... funcionou uma vez — reclamou Mack, sem graça.

— Seu melequento ignorante fracote, cabeça dura, molengote! Se realmente tivesse a *sapiência iluminada*, saberia que nenhum feitiço pode ser utilizado mais de uma vez por dia!

— Ah — falou Mack, desapontado. — Não, eu não sabia disso.

— Ahn — comentou Stefan.

— Eu ouvi Grimluk usar outro feitiço, mas não lembro... — falou Mack para Stefan.

O nome Grimluk fez com que os elfos despejassem uma torrente de xingamentos neles. Eles conheciam Grimluk e não gostavam nem um pouco dele.

— Irmãos — falou o elfo líder por fim, fazendo um gesto para que parassem com os insultos e gritos —, devemos decidir. O pouco de inteligência que tenho me diz que devemos honrar nosso acordo com a princesa e não matar esses cretinos melequentos.

Todos concordaram, para o alívio de Mack. Mas o que disseram depois mudou totalmente a opinião dele.

— Então podemos descê-los pelo poço e tapar o buraco depois.

— Peraí, o quê? — perguntou Mack.

— Assim a princesa os encontrará aprisionados, sepultados, porém ainda vivos.

— Não. Que ideia horrível! — falou Mack.

Os elfos agarraram Jarrah, que estava se contorcendo e tentando chutá-los, sem muito sucesso no entanto, e a arrastaram até o buraco. Um deles ligou o gerador que movia o molinete. Os elfos a enfiaram no cesto e depois fizeram o mesmo com Karri.

O motor rangia e roncava enquanto descia as duas pelo poço.

Mack contou os segundos, que se tornaram minutos. O quanto elas tinham descido?

Ele não conseguiria fazer aquilo. Eles não podiam fazer aquilo. De jeito nenhum.

Alguém ia resgatá-los, porque era isso que sempre acontecia nos filmes. Alguém ia resgatá-lo antes que ele fosse enterrado vivo, *enterrado vivo*.

— Socorro! — gritou ele. — Socooooooooooooooooorro!

Um elfo bateu na cabeça dele com seu taco-pino de boliche. A vista de Mack se embaçou, um redemoinho nas cores do pôr do sol, tingido por um toque de pânico total.

Ele se debateu e gritou por socorro, a cabeça girando, até que um segundo golpe apagou as luzes.

QUERIDO MACK,

ACHO QUE FICAR PEQUENO FOI UM ERRO. EU ME FIZ DIMINUIR ATÉ METADE DO TAMANHO. PAPAI FOI CORRENDO CONTAR A MAMÃE. MAMÃE DISSE QUE O PAPAI TINHA QUE PARAR DE BEBER. ELES PARECIAM CHATEADOS, ENTÃO ANTES QUE A MAMÃE ME VISSE, VOLTEI AO TAMANHO NORMAL. ELES GRITARAM MAIS UM POUCO, E AGORA O PAPAI NÃO PODE MAIS BEBER CERVEJA.

SEU AMIGO,
GOLEM

Vinte e três

MUITO, MUITO TEMPO ATRÁS...

Grimluk e os outros chegaram à Rainha Branca. E lutaram contra ela com todos os seus poderes unidos.

A batalha durou um dia e uma noite inteiros.

Cada um da Magnífica tinha sua zona de maior força. Cada um tinha dominado um dos Doze Pares de Potencialidades. A força de Grimluk estava no par Aves e Feras. Ele invocou centenas de animais para a batalha, e muitos corajosos gaviões, leões, cervos, morcegos, javalis e serpentes morreram em luta.

Mas Grimluk também tinha alguma habilidade no par Escuridão e Luz, e até mesmo no par Calma e Tempestade, embora Miladew fosse o verdadeiro gênio neste par.

Quando tudo terminou, os 12 Magníficos eram os Magníficos Oito. Quatro deles morreram durante a luta.

Mas a Rainha Branca, por fim cansada e derrotada, jazia pulsando, indefesa, presa por feitiços, amarras e correntes, e cercada por toras de madeira secas e homens de confiança com tochas.

A batalha tinha sido mais longa, sangrenta e horrível do que se poderia imaginar. Tinha envelhecido Grimluk. Não era mais um rapaz com a pele lisa e os músculos firmes. Havia rugas em seu rosto e dores em seu corpo, e ele sentia uma fraqueza física que às vezes dificultava até o ato de respirar. Pior ainda era a sombra que para sempre dominaria sua alma.

As muralhas do castelo tinham sido destruídas. Grandes pedaços delas estavam caídos ao redor. Havia corpos em todo o lugar — nas muralhas e esmagados sob os destroços.

Os corpos, em sua maior parte, eram de humanos! Mas havia também skirrits e elfos tong, bowands e um punhado de Quase Mortos, e até mesmo dois gigantes gudridans, todos monstros ou aliados da Rainha Branca.

E a destruição não se resumia ao castelo. Toda a floresta tinha sido derrubada ou queimada. Não havia um vilarejo em um raio de quilômetros. Nem mesmo um veado, gambá, pássaro ou cobra tinha sobrevivido.

Grimluk encontrou o corpo de seu amigo lanceiro, Wick. Fez uma cova para o homem e o enterrou, usando pedras para marcar o lugar.

Bruise e Miladew o encontraram ao pé do túmulo. Bruise tinha conseguido algumas roupas melhores. A única coisa boa de tanta matança é que agora havia muitas roupas sobrando, embora quase todas estivessem manchadas de sangue.

— Grimluk — chamou Miladew baixinho, encostando no braço dele. — Está na hora.

— A batalha acabou. A Rainha Branca jaz acorrentada. Vencemos.

— A batalha acabou, mas não a guerra — disse Bruise.

— Drupe reuniu todos os sábios e bruxas para decidir o destino da Rainha Branca. E nós, com o que resta de nossos poderes, devemos executar a sentença.

— Com certeza a sentença será a morte — falou Grimluk. Miladew balançou a cabeça.

— Não, Grimluk. Quatro dos doze estão mortos. Tentar matá-la agora, com o pouco que nos resta, só nós oito, destruirá a todos nós.

Grimluk odiava a Rainha Branca, mas tal notícia o fez parar para pensar.

Drupe estava esperando por ele no castelo.

— Enquanto a princesa Ereskigal estiver livre, a Rainha Branca não poderá ser morta, pois com a morte dela, seus terríveis poderes serão herdados pela filha horrenda.

— Putz, que droga — falou Grimluk. Ou alguma coisa assim.

— Ela será exilada no Mundo Inferior — falou Drupe.

— Não verá a luz do sol, nem o verde das plantas, nem o céu azul. Viverá no reino dos monstros, na terra dos mortos amaldiçoados. Para sempre.

Eles voltaram para o castelo, que estava destruído — a maioria das paredes demolidas, o teto arruinado. As ruelas estreitas estavam cobertas por cadáveres. Na triste vida de Grimluk, ele nunca imaginaria que fosse testemunhar algo tão triste.

Tudo o que ele queria era sair dali e encontrar sua família. Ele aceitaria qualquer emprego, qualquer coisa que o tirasse daquele lugar de horrores. Qualquer coisa, desde que pudesse estar de novo com Gelidberry e o bebê que se chamaria Vitória.

E foi isso que ele disse a Drupe quando chegaram ao salão de reuniões, agora sem teto e com apenas três paredes.

— Ó, Grimluk — falou ela, repousando uma das mãos no ombro dele. — Sua família se foi.

Grimluk ficou olhando para ela, tentando entender o que ouvia.

— Gelidberry e a criança estavam no vilarejo de Suther quando ele foi destruído por uma tropa de gudridans.

Os gudridans eram conhecidos pelo seu tamanho gigantesco e pela sua dieta, que consistia quase inteiramente de carne humana.

— Não.

Grimluk se sentou de repente no chão frio de pedra. Soltou um suspiro profundo, e foi como se naquele momento o último pedaço de sua alma tivesse partido para sempre. Mesmo com tudo que ele tinha suportado, mesmo com tudo que tinha testemunhado, todo o sofrimento, aquela dor ainda era a pior de todas.

Drupe se abaixou ao lado dele — movimento facilitado pelo fato de ela ter conseguido transformar a pata de avestruz em uma pata de veado, o que já era uma evolução.

— Você pode encontrar uma nova esposa. Você pode ter outro bebê. Será para sempre honrado como o líder dos 12 Magníficos.

Grimluk mal conseguia prestar atenção ao que ela dizia. Ele só balançava a cabeça.

— O trabalho de herói honrado é seu, se quiser. O pagamento é bom, e você vai receber uma pequena fazenda.

— Eu... eu não posso. — Grimluk começou a chorar, e como o conceito de "macho" só seria inventado muitos séculos depois, ele chorou sem vergonha.

— Os que restaram da Magnifica vão correr o mundo em busca da princesa Ereskigal, se assim o desejarem. Pois enquanto ela estiver viva, não poderemos matar a Rainha Branca.

— Eu vou. Os outros virão comigo.

— Vocês não têm muito tempo. Quanto mais envelhecerem, mais seus poderes enfraquecerão. Muito em breve estarão fracos demais para derrotar a princesa. E lembrem-se de que ela não é facilmente derrotada. Ela deve morrer doze vezes para perecer em definitivo.

— Sabe, acho que a gente acabou de inventar esse número novo, doze, e agora está usando ele para tudo — comentou ele.

— É o progresso — falou Drupe, sem muita certeza.

— E se falharmos?

— Então talvez haja outro futuro para você. — disse Drupe com cautela. — Seria uma vida muito longa, mas também terrivelmente solitária.

— E o que mais eu poderia ser, se não solitário? — sussurrou ele.

— Nos recônditos secretos da Terra, nas moradas dos Mais Antigos, a morte vem lentamente.

— Não compreendo.

— Você teria que encontrar esse lugar. E lá você viveria, sozinho, sem ninguém. Seria uma sentinela. Um observador solitário. Você viveria, e observaria, e aguardaria.

— Aguardaria pelo quê?

— Pela possibilidade de a Rainha Branca se erguer de novo.

Vinte e quatro

Mack acordou cedo demais. Foi o guincho agudo da manivela que alcançou seu cérebro consciente.

Ele abriu os olhos e viu... nada.

— Mas o quê...? — perguntou.

Sabia que ainda estava amarrado. E sabia que estava de bruços. Com a cara em uma superfície dura. Que estava se movendo.

Para baixo.

No escuro.

— Não — sussurrou.

— Fica calmo, valeu? — pediu Stefan. A voz do amigo vinha bem de perto; Mack sentia algo que provavelmente era o cotovelo dele lhe espetando a orelha.

A verdade o atingiu com força total. Eles estavam no cesto do sarilho. E descendo.

— Aaaaaaaaaaah — gemeu Mack.

— Cara, relaxa.

— Aaaaaaaaaaah aaaaaaaaaahhhhhh aaaaaaaaaaah!

Você sabe, a questão das fobias é que não são medos comuns. Nem mesmo são versões mais intensas dos medos comuns. Fobias são como feras selvagens, que esperam escondidas dentro de seu cérebro até algo despertá-las. E, uma vez acordadas, elas enlouquecem. Imagine um gorila pirando em uma jaula, batendo nas grades até suas mãos sangrarem, tentando arrancar a mordidas o metal até os dentes se partirem, se jogando em pânico contra paredes que quebrarão seus ossos.

Isso é uma fobia fora de controle, atacando a todo o vapor.

E, de todas as fobias de Mack, nenhuma se parecia tanto com um gorila maluco enjaulado quanto a claustrofobia.

Na escola Mack tinha sido obrigado a ler "O barril de Amontillado", um conto de Edgar Allan Poe. Era a história de um homem que era emparedado vivo e deixado lá para morrer. Não era uma história feliz sob qualquer padrão, mas para Mack tinha sido uma agonia.

E agora *ele* ia ser emparedado vivo, enterrado vivo. Por isso gritou sem parar enquanto o elevador descia. Gritou e gritou enquanto as paredes de pedra invisíveis o pressionavam por toda a volta.

Mack estava ensopado de suor e rouco quando chegaram ao fundo. Karri e Jarrah já tinham se soltado das amarras usando alguns objetos que tinham sido deixados ali: uma picareta, a borda afiada de uma lata de sardinhas aberta e uma pedra no formato de um pedaço de queijo. Cheddar. Não que isso faça diferença.

Uma pequena lanterna se acendeu, misteriosa naquela escuridão, e se focou em Mack. Ele sentiu mãos afrouxando os nós de suas cordas rapidamente. De repente, suas mãos e seus pés estavam livres.

Ele tinha parado de gritar, mas só porque agora os gritos em si estavam começando a assustá-lo também.

— Certo, com certeza claustrofóbico — falou Karri com um tom tão tipicamente australiano que Mack teria achado engraçado se não estivesse a ponto de vomitar.

Jarrah ergueu os olhos para o poço do elevador.

— Não, não dá para ver as estrelas. Eles bloquearam a saída.

— E o controle do sarilho não funciona — completou Karri. — Mas deve haver algumas luzes por aqui.

Mack viu o facho de luz da lanterna se mover de um lado a outro até finalmente parar sobre uma caixa de fusíveis. Um segundo depois, ouviu um clique, o som de um gerador roncando até ligar, e então as luzes se acenderam.

O garoto ainda tremia por causa do ataque de pânico. O medo estava longe de passar, mas pelo menos agora ele tinha uma distração para ocupar uma parte do cérebro.

Os quatro estavam em um canto de uma caverna tão grande que era impossível enxergar o outro lado, embora houvesse uma série de lâmpadas penduradas no teto arqueado. Era tão comprida quanto um campo de futebol, talvez igualmente larga, embora não fosse simétrica ou retangular.

Infelizmente não havia nenhum sinal luminoso indicando a saída.

Uma das paredes da caverna era iluminada por um conjunto próprio de refletores. Estava muito distante para que Mack pudesse enxergar os detalhes, mas dava para ver que alguma coisa — muita coisa —, tinha sido cinzelada ou desenhada na superfície da rocha.

— Foi isso que viemos ver — falou Jarrah. — Você consegue?

Mack se levantou. Seus joelhos vacilaram, mas Stefan lhe agarrou um dos braços e Jarrah segurou o outro, evitando que ele caísse. Com as pernas fracas, um nó no estômago, o coração martelando, embora não mais como se quisesse atravessar suas costelas, Mack cruzou o espaço até a parede de pedra.

A parede tinha quase dez metros de altura e era da mesma rocha avermelhada que aparentemente forrava todo o Uluru, mas aquela superfície tinha sido polida até brilhar quase como um espelho.

A área polida se estendia por mais de dez metros, para a esquerda também. E todos aqueles metros quadrados, um espaço equivalente a milhares de páginas de um livro, estavam cobertos por algo que só podiam ser inscrições. As letras eram estranhas e irreconhecíveis, embora houvesse aqui e ali alguma coisa semelhante a um T ou a um Z estilizado.

A parede era cortada por algumas fissuras profundas em alguns lugares, e em outros a pedra simplesmente desabara, transformando-se em uma pilha de pedregulhos e pedrinhas.

— O que é isso? — perguntou Mack.

— A gente não sabe muito bem. Mas minha mãe acha que são os últimos dez mil anos de história — respondeu Jarrah, reverente.

Mack olhou para ela, incrédulo.

— Como pode ser?

Jarrah apontou para uma série de marcas que corriam como as linhas de uma régua pela margem inferior da parede.

— Achamos que cada uma dessas é um ano. Lá do outro lado tem uma linha vertical marcada também. Achamos que aquelas são os dias. E está vendo essas marquinhas menores, essas espirais? Foi assim que a gente soube onde você ia estar. Achamos que são meio como coordenadas de GPS. Cada uma indica um lugar em relação a este aqui. A distância e o ângulo a partir de Uluru.

— Isso é loucura. Entendo que alguém poderia fazer algo assim para mostrar coisas do passado, mas de jeito nenhum alguém poderia prever acontecimentos.

— É, bem, isso faz sentido, companheiro — falou Jarrah, se divertindo. — O problema é que todas essas marcas, essa caverna inteira, têm mais de dez mil anos.

— O quê?

— Mack, quando isso foi feito, tudo estava no *futuro*. — A garota o guiou até a última marca cinzelada na parede. Mal era visível por trás da rocha que desmoronara, e não havia mais nada visível além dela. Jarrah apontou para a marca.

— Está vendo isto aqui? Isso foi ontem. E a espiral? Mostra a distância e o ângulo daqui até o lugar em que você caiu do céu.

— Eu?

— Olha só. — Ela mostrou uma linha inclinada com três marquinhas. — Esse é o número doze se contado no sistema quaternário.

— Quem diabos contaria usando o sistema quaternário?

Jarrah inclinou a cabeça e sorriu misteriosamente.

— Alguém com quatro dedos em vez de dez, imagino.

— Ninguém tem... — Mack começou a dizer, e depois ficou em silêncio enquanto sentia um calafrio.

— É. Entendeu agora por que a gente queria que você visse isso?

— E o que significam os raios saindo dali?

— Ah. A gente levou um tempo para entender. Mas daí encontrou isso. — Ela o levou de volta para o outro lado da parede, recuando ao passado. Eles tiveram que subir em uma pilha de pedras. — Está vendo? O mesmo símbolo. Três mil anos atrás. Alguém como você esteve aqui. Está vendo como a distância e o ângulo são zero? Alguém como você, Mack, um membro de um grupo, os 12 Magníficos, veio aqui, estava bem neste lugar onde você está. — Então, silenciosa e reverentemente, Jarrah apontou para outro símbolo que, a julgar pelas marcas, tinha aparecido alguns meses antes. — Vê isso? É um eucalipto. Uma árvore de *jarrah*. E está ligada a você, Mack. E ao símbolo dos 12 Magníficos. — Ela balançou a cabeça, como se ainda não conseguisse acreditar. — Estranho, né? Descobrir que seu destino foi cinzelado dez mil anos atrás.

Mack só conseguiu ficar olhando. Aquilo tudo abalava completamente sua visão de mundo. Embora, para ser sincero, sua visão de mundo já tivesse sido balançada o bastante até então. Sua visão de mundo parecia uma gelatina de framboesa no meio de um terremoto.

Seu olhar foi atraído por um tipo de círculo entalhado na parte de cima da parede. Parecia um relógio, só que em vez de números havia pares de símbolos.

— O que é aquilo?

— Ah. Aquilo — falou Jarrah. — Não sabemos muito bem. Quer dizer, sabemos o que os símbolos significam. São pares. Luz e escuridão, velocidade e lentidão, saúde e doença, e por aí vai. Achamos que podem ser...

— Shhh! — alertou Karri. — Eu ouvi alguma coisa!

Surgiu um som diferente de tudo que Mack já tinha ouvido. Vinha das profundezas do rochedo. Parecia algo triturando a rocha, como um monstro mastigando pedra.

— É uma pena que a parede acabe aqui — falou Jarrah. — Senão a gente saberia o que está acontecendo.

— Por que a parede acaba aqui?

— Pode ser por duas razões — respondeu Jarrah. — Ou é só porque a pedra desmoronou nesse pedaço...

— Ou...

Jarrah deu de ombros.

— Ou talvez o mundo vá acabar de repente.

Vinte e cinco

O som de mastigação e trituração ficava cada vez mais alto.

— É Risky — falou Mack.

Stefan assentiu.

— É.

— Risky — explicou Mack para Jarrah e Karri. — A princesa. Ela trabalha para a mãe. Acho que é um negócio familiar bem esquisito.

— Risky... Espera! Eu sei quem é essa! — berrou Karri. Ela correu e começou a procurar algo pela parede freneticamente. — Aqui! Sim. Está vendo este símbolo, a cabeça com dentes demais e estas linhas onduladas? Ele aparece por toda a história, muitas vezes misturado ao símbolo da cabeça da morte. Ereskigal — falou, animada. — Ereskigal era a rainha do submundo para os babilônios, mas ela tem muitos nomes. Perséfone para os gregos. Hel para os nórdicos. — Ela apertou os ombros de Mack. — Você está me dizendo que ela tem uma *mãe*?

— Foi isso que... hum... fiquei sabendo.

Karri o empurrou.

— O símbolo da cabeça da morte. A mãe de todo o mal — sussurrou. — Eu não tinha entendido... Eu não tinha percebido... — Com os olhos cheios d'água, Karri estendeu os braços para a filha. — Ah, Jarrah! A cabeça da morte! É a Mãe de Todo o Mal, a Criadora de Monstros. A... a... Rainha Branca.

— A gente sabia que era algum tipo de poder maligno superior, mãe — falou Jarrah. Ela estava tentando tranquilizar a mãe, mas Mack percebia que estava abalada.

— Os antigos dizem que ela estava presa por toda a eternidade no submundo, no vasto Mundo Inferior. Para sempre! — disse Karri.

— Ou três mil anos, o que viesse primeiro — interrompeu Mack. — Tudo isso é muito informativo, mas o que vamos fazer a respeito de seja lá o que está vindo nos pegar?

— Eu esperava que você soubesse — respondeu Jarrah.

— Eu? — Mack riu, mas não de uma forma divertida. — Como eu saberia? Eu só me lembro de uma coisa que Grimluk falou. Tipo um feitiço ou qualquer coisa assim, mas vocês ouviram os elfos: só funciona uma vez por dia.

— Era no idioma vargran, não era? — perguntou Jarrah, apontando para a parede. — Isso tudo está escrito em vargran.

— A gente acha que é algum tipo de linguagem sagrada — explicou Karrah. — Uma língua muito antiga...

— É. É mágica ou coisa assim — falou Mack. — Mas como a gente pode *usar* isso?

— Dá para ler, mas não dá para pronunciar!

— Ajude-me aqui, diga alguma coisa, qualquer coisa — exigiu Mack. Sua claustrofobia tinha sido temporariamente substituída pelo medo de uma princesa-monstro que de algum modo estava devorando a rocha sólida para pegá-lo.

— Eu só sei pronunciar os números — retrucou Karri, desesperada.

— E isso lá é uma prova de matemática, mãe? — reclamou Jarrah. — Nessa situação, qualquer outra coisa seria melhor do que números.

— Acho que sei como falar lua: *(snif) asha*. E céu: *urza*. E sol: *edras*. E o verbo "ser": *e, e-tet, e-til, e-ma*. E... e... e...

— Peraí — interrompeu Mack. — Você sabe falar *sol*?

— Sim.

— E sabe falar *ser*?

— Existem quatro tempos verbais: presente, passado, futuro e "ou senão".

— *Ou senão*?

— Indica uma ordem que deve ser seguida, ou senão.

— Espero que meus pais nunca aprendam isso — comentou Mack. A mente dele estava a mil por hora. Talvez mais depressa. — Diga. Diga: "Seja sol, ou senão."

— *E-ma edras*? — recitou ela.

— Sim. Isso mesmo — falou Mack, pensativo.

O barulho de triturar parecia uma britadeira agora. Uma rachadura surgiu na parede polida e pequenas pedras começaram a rolar.

— Seja lá o que for, está vindo de trás desta parede — falou Jarrah.

— Vou tentar te proteger — disse Stefan para Mack.

— Valeu — retrucou ele. — E eu vou tentar proteger você, Jarrah.

Jarrah bufou.

— Eu não preciso de proteção. — Ela pegou uma pá de aço e girou-a uma vez, sentindo o peso da ferramenta. — É. Seja quem for, vai levar uma bem na cara.

A parede polida tremia como uma máquina de lavar roupa desregulada. O barulho era inacreditável. A parede rachou como o para-brisa de um carro acidentado, formando padrões parecidos com teias de aranha.

De repente, uma seção de uns três metros de diâmetro da parede caiu. Dava para ver um túnel e, dentro dele, uma garota ruiva, com lindos olhos verdes e mãos gigantescas divididas em três vertentes. Cada vertente tinha um pedaço de diamante tão grande que faria todos os diamantes já encontrados parecer um pontinho de poeira.

— Bem, olá de novo, Mack — cumprimentou Risky. — Que coincidência encontrá-lo aqui.

As mãos com dedos de diamante foram se transformando devagar na pele branca leitosa com unhas pintadas de vermelho-sangue.

Risky passou com elegância pelas pedras caídas na saída do túnel e pisou no chão da caverna. Ela se virou para olhar os restos da parede polida.

A transformação da sua expressão de triunfo indiferente foi instantânea. O rosto de Risky virou uma máscara de rancor e fúria.

— Aqueles velhos intrometidos — cuspiu ela.

Seu olhar ardente encontrou o símbolo que parecia um relógio.

— Os Doze Pares de Potencialidades — sussurrou Risky. — Qual você pensou que dominaria, Mack? Gelo e Fogo? Sonhos e Pesadelos? — Ela olhou para o garoto por cima do ombro. — Escuridão e Luz... Acho que essa seria sua praia.

As mãos de diamante surgiram de novo em segundos. Com um urro de fúria, a princesa Ereskigal atacou a rocha entalhada.

A violência do golpe foi chocante, o som, ensurdecedor. Os diamantes zumbiam como brocas e cortaram a pedra como um garfo cortando um pedaço de queijo.

Certo, talvez essa não seja a melhor analogia, pensou Mack. Mas foi quase isso.

— Pare! — gritou Karri. — Este é um tesouro de valor inestimável!

A filha, Jarrah, não gritou. Em vez disso, deu dois passos rápidos e girou a pá.

O golpe acertou Risky no ombro.

A princesa perdeu o equilíbrio, deu um passo para o lado e se virou, rápida, mas não o bastante. Jarrah recuou e enfiou a lâmina da pá com uma exatidão incrível. A lâmina acertou Risky bem no belo e longilíneo pescoço.

O ferimento foi fundo.

Risky arregalou os olhos.

Jarrah recuou, determinada a continuar acertando a princesa até ela estar tão morta quanto as pessoas que tinham entalhado aqueles símbolos na caverna dez mil anos antes.

Dessa vez, Risky acertou a pá com um golpe da sua mão de britadeira e a jogou longe.

Mas o estrago já estava feito. O pescoço de Risky tinha sido cortado quase por completo e, por onde deveria estar jorrando sangue, borbulhava uma substância preta-azulada, gosmenta como melaço.

A cabeça de Risky tinha caído para o lado, apoiada no ombro, o cabelo vermelho escorrendo abaixo. Estava mesmo por um fio. Suas mãos afiadas derreteram e se transformaram nos dedos da princesa. (Bem, Mack esperava que fossem mesmo dela.)

E aí, para horror de Mack, com a cabeça na horizontal, Risky sorriu e falou:

— Aaaaaai, isso doeu.

A princesa pegou a cabeça com as duas mãos, empurrou-a de volta e a prendeu no lugar.

— Ahn — falou Stefan.

— Cooooooooorre! — gritou Mack.

Vinte e seis

MUITO, MUITO TEMPO ATRÁS...

Grimluk viajou por muitos lugares com seus companheiros da Magnifica.

Quatro tinham morrido durante a grande batalha, então eram oito quando começaram sua jornada. Em breve, porém, sobravam apenas cinco. Dois voltaram para casa, desanimados. Outro, Bruise, fora morto em uma emboscada dos skirrits.

Eles enterraram Bruise com seus sapatos de javali e a tanga de couro de gambá.

Atravessaram terras sem nome. Oceanos que ninguém tinha atravessado ainda. Montanhas cobertas de neve, desertos áridos (que basicamente é o único tipo de deserto que existe) e rios poderosos.

A Rainha Branca podia estar aprisionada no Mundo Inferior, mas sua filha estava viajando por todo o mundo da superfície.

Embora ouvissem rumores sobre a princesa aqui e ali, nunca a alcançavam.

E a cada dia, Grimluk tinha certeza de que seus poderes estavam mais fracos. Eles estavam envelhecendo e eram cada vez menos numerosos. Caso encontrassem Ereskigal, era mais provável que ela os destruísse do que o contrário.

Grimluk tinha dificuldades para continuar a missão. Em primeiro lugar, ele, Miladew e os outros passavam grande parte do tempo procurando comida. E passavam outra parte do tempo lutando contra as criaturas malignas que Ereskigal mandava para destruí-los, sem contar os incautos aleatórios que simplesmente não gostavam de estranhos e achavam que seria divertido espetá-los com lanças.

Mas era a morte de Gelidberry e do bebê sem nome que mais pesava na alma de Grimluk.

Ele tinha se tornado amigo de Bruise, e a morte dele só fizera aumentar o seu pesar.

A única coisa que o estimulava a continuar era sua proximidade crescente com Miladew. Ela continuava tão elegante quanto sempre fora, embora vestisse peles de iaque e tivesse perdido um dente ou outro.

De vez em quando eles paravam e encontravam um lugar para descansar e se recompor. Cada um desses lugares sentia os efeitos da cada vez mais fraca Magnifica. Por onze vezes montaram pequenos acampamentos enquanto tentavam encontrar pistas do paradeiro da princesa, e a cada vez deixaram uma marca da *sapiência iluminada*, marca que não seria vista, mas sim sentida, na mente e na alma.

Em uma ocasião, tiveram a chance de retornar a um acampamento anterior e descobriram que o povo da região o havia transformado em um lugar sagrado.

No fim eram só Grimluk e Miladew. Todos os outros ou tinham perdido seus poderes, ou desistido, ou morrido. Eram só os dois quando chegaram a uma praia distante. Havia rumores sobre uma grande ilha afastada, o único lugar daquela grande terra achatada e com seis cantos que eles ainda não tinham visitado.

— Temos que encontrar um barco — disse Grimluk, observando o que se parecia muito com todos os outros oceanos que eles já tinham atravessado.

— Sim — concordou Miladew. — Uma última viagem.

— Por que última?

Ela suspirou.

— Grimluk, nós viajamos juntos por tanto, tanto tempo. Fizemos tudo que Drupe pediu, e muito mais.

— Mas não encontramos a princesa, então a Rainha Branca não pode ser morta.

— Grimluk, será que nós não temos direito a um pouco de felicidade?

— Felicidade? — repetiu ele, triste.

Miladew fez algo inédito. Tocou o rosto de Grimluk, agora cortado por cicatrizes e marcado pelo sol, com seus dedos agora calejados.

Aquele toque o comoveu profundamente, de maneiras que ele não entendia. Seu âmago foi tomado por sentimentos que ele não se permitira ter desde a morte de Gelidberry.

— Hum...

— Grimluk, chegou a hora de você e eu construirmos uma vida nova juntos. O passado é passado. Sua amada Gelidberry se foi.

Aquela era uma ideia ao mesmo tempo assustadora e sedutora. Grimluk percebeu o quanto estava cansado e o quanto tinha envelhecido durante aquela jornada interminável.

— Não estou destinado à felicidade.

— Esqueça o destino — retrucou Miladew. — Você não entende? Eu amo você, Grimluk.

Obviamente aquilo era novidade para Grimluk. Ele era um homem, afinal de contas, e nem sempre percebia as nuances das interações humanas.

Ele tomou uma decisão importante naquele momento. Tinha dito a Drupe que jamais desistiria. Havia prometido que seria uma sentinela, que abandonaria toda esperança de ter uma vida feliz e viveria isolado, triste e sozinho, até o final dos seus dias.

Mas, para ser sincero, ele meio que gostava da Miladew também.

— Vamos fazer essa última jornada, até essa ilha misteriosa — falou —, e lá procuraremos a princesa. Mas...

— Sim?

— Mas, se ela não estiver lá, então acho que a gente meio que fez o que pôde, e as gerações futuras vão ter que se virar. Afinal de contas, a Rainha Branca ficará presa por três mil anos. Seja lá o que isso signifique.

— É um número ainda maior que onze ou doze — explicou Miladew. — É infinito. Como meu amor por você.

Grimluk engoliu em seco.

Eles pegaram um barco com o povo local, que alegara viajar com frequência até a ilha para caçar os deliciosos *corarus*, a palavra na língua deles que significava "carne que pula".

E assim, muito, muito tempo atrás, Grimluk e Miladew foram para a Austrália, embora não se chamasse assim naquela época.

Vinte e sete

Eles correram direto para o túnel que Risky tinha cavado. Correram como se algum demônio maldito estivesse perseguindo-os.

E estava mesmo.

Karri estava na frente, carregando a lanterna. Jarrah estava logo atrás, com Mack em seu encalço. Stefan tinha recuperado a pá e agora corria de costas, encarando a princesa monstruosa.

— Sai daqui! — gritou Stefan. — Eu não tenho problema nenhum em bater em uma garota!

O túnel era surpreendentemente estável, mas era um cilindro, com as paredes curvadas, o que dificultava a corrida. Ainda assim, Mack estava se esforçando ao máximo.

Ele deu uma olhada para trás e viu Risky a pouco mais de cinco metros de Stefan. Ela ainda precisava segurar a cabeça, o que a atrasava um pouco, especialmente quando a cabeça bateu no teto baixo e caiu de novo.

Foram necessários alguns segundos para que Risky recolocasse a cabeça no lugar.

— Cooooooorre! — gritou Mack. Não que eles precisassem de mais estímulo.

De repente estavam do lado de fora, tropeçando na areia e nos arbustos, debaixo do céu escuro, das estrelas muito brilhantes e das nuvens levemente iluminadas pelo luar. Mas é claro que Mack não se importava com esses detalhes.

— O buggy! — ofegou Karri.

O carro estava onde haviam deixado, porém a alguns bons metros de distância de onde estavam agora. Mack sentiu folhas pontiagudas dos arbustos cortando suas pernas e os sapatos se enchendo de areia, mas não se importou, pois estava altamente motivado a *correr* e não tinha tempo para se preocupar com arranhões ou bolhas nos pés.

— Ei, olha só! — gritou Stefan, animado. — Cangurus!

Realmente, um pequeno bando de cangurus corria ao lado deles. Os animais faziam Mack se sentir muito lento, pois eram muito velozes. Eles pulavam e pairavam no ar, quase levitando.

Karri alcançou o carro e pulou para dentro. Os outros se jogaram depois dela, em um emaranhado de braços e pernas, todos gritando e sem fôlego.

Naquele momento Karri conseguiu ligar o motor. Os refletores se acenderam e, sob sua luz, eles viram Risky.

Ela estava parada ali, sorrindo. A cabeça parecia finalmente estar firme. Bom para ela, mas nem tanto sob o ponto de vista de Mack.

O buggy engrenou a primeira e saiu a toda, direto na direção de Risky.

Ela deu um passo para o lado e desviou como um toureiro. Mack ouviu sua risada satisfeita ao passarem.

O carro cortava os arbustos, pulando, tremendo, sacudindo e vibrando, e Mack só conseguia pensar: "Mais rápido, mais rápido, mais rápido!"

Ele olhou para trás e viu a princesa Ereskigal de pé, quase solitária. Então ela ergueu os braços e Mack percebeu, embora não conseguisse ouvir as palavras, que ela estava gritando alguma coisa.

Provavelmente não era "Tchau, crianças! Divirtam-se!"

Na verdade, com certeza não era isso, porque às suas costas uma tempestade se formava. Parecia uma parede de areia, como se o deserto tivesse ganhado vida e agora estivesse perseguindo o buggy fugitivo.

Tornados surgiram de todos os lados. Um rugido soou, tão alto que encobriu o som do motor do carro.

A frente da tempestade, a onda assustadora de areia se erguia e levava Risky consigo. A princesa surfava na tempestade como se estivesse no mar.

— Dingos! — gritou Jarrah, apontando.

Uma matilha do que pareciam lobos de pelo amarelado estava cruzando o caminho do carro, fugindo a uma velocidade que só podia ser sobrenatural.

Mas eles não eram os únicos. Animais do deserto australiano surgiram de todos os lados. Camelos, *wallabies*, cangurus, todos voavam sobre o chão muito mais depressa do que a natureza os permitia se mover.

O carro, com Karri ao volante, seguia em meio à loucura em que o deserto se transformara — tempestade, feras e gritos —, enfeitiçado por Risky para destruir o buggy e todos nele com um só golpe.

Um dingo pulou e voou! Acertou Karri de lado, entrando direto pela janela aberta.

O buggy perdeu a direção, Karri gritou e o lobo caiu no banco de trás, rosnando e tentando morder Mack.

Ele só teve tempo de dar um soco não muito eficaz no animal antes de o buggy se inclinar e começar a capotar de maneira incessante. Havia areia e pedras em todo lugar. Os encostos dos bancos, o teto e os apoios para cabeça acertavam Mack como as lâminas de um liquidificador.

— Aaaaaah! — gritou ele.

Stefan estava solto dentro do carro giratório, os joelhos, cabeça e cotovelos batendo em Mack.

De repente o buggy parou, de cabeça para baixo.

Mack ouviu um choro e gemidos. Stefan estava se contorcendo, assim como o dingo. Mack tentou entender para onde ficava o lado de cima. No banco da frente, Karri estava imóvel, em silêncio, caída no teto do buggy, com o pescoço em um ângulo horroroso.

— Mãe! Mãe! Acorda! — gritou Jarrah.

Mack se arrastou pela janela, lutando contra o peso de Stefan sobre si. Engatinhou pela areia, ainda quente devido ao calor do dia. A boca estava cheia de sangue e o nariz tinha sido arrebentado mais cedo por um dos elfos tong, mas as pernas e braços pareciam estar funcionando bem.

Ele se levantou, trêmulo, e viu que estava bem no centro do turbilhão, como na calmaria do olho do furacão.

A tempestade rugia ao redor deles. Os animais aguardavam, ofegantes e confusos, obedecendo às ordens da garota maligna que se aproximava com um andar arrogante.

— Acho que você deve estar amaldiçoando o dia em que deu ouvidos àquela velha fraude que é Grimluk — falou ela.

— É, mais ou menos — admitiu Mack.

Risky assentiu.

— Grimluk e seus doze foram só um contratempo. Este mundo pertence à minha mãe. E a mim. — Ela abriu aquele lindo sorriso digno do dentista das estrelas, depois jogou a cabeça para trás e riu. — Meu! Todo meu!

Mack não conseguiu pensar em muita coisa a dizer depois disso, mas tinha alguma experiência em provocar bullies.

— Sabe, existem remédios feitos para ajudar pessoas como você.

— Não existem pessoas como eu.

— Você é uma bandida — falou Mack. — Uma louca assassina com sérios problemas mentais. Você vai me desculpar, mas tem um montão de gente como você. Infelizmente.

— Ah, desafio. Isso é bom, torna as coisas mais divertidas. Grimluk me desafiou também. Na verdade... — Ela olhou em volta, como se tentando se lembrar de algo. — Sim, foi bem perto daqui. Não, não, espere. Foi do outro lado de Uluru. Estou lembrando agora. Sim, foi lá que matei a namoradinha de Grimluk, a penúltima dos "magníficos". Esqueci o nome dela. Eu a matei, e deu para ver como aquilo acabou com Grimluk. Eu assisti enquanto a esperança morria dentro dele. Uma pena ele ter conseguido escapar. E agora — Ela soltou um suspiro dramático — ele continua a criar problemas, tantos anos depois.

— Parece que ele era mais forte do que você pensava. Talvez você não tenha acabado com ele de verdade.

O sorriso de Risky tornou-se duro.

— É uma péssima ideia lutar contra mim. Você percebe que estou viva há dez mil anos, não percebe? Eu sei que para você sou só a garota mais bonita que você já viu, mas...

— Não é, não — interrompeu Mack.

O sorriso desapareceu.

— Você é um péssimo mentiroso, Mack. Eu enxergo a verdade. Sempre foi a verdade. Nenhum homem resiste a mim.

Ela se aproximou. E, de alguma forma, apesar do rugido do vento, Mack conseguiu ouvir seu sussurro:

— Jovem ou velho, não importa — continuou ela. — Todos morrem da mesma forma: gritando de dor. Eu tenho o poder do Décimo Terceiro Par, Mack: Vida... e Morte.

Ela estava tão perto agora que Mack conseguia sentir seu cheiro e sim, sim, o cheiro dela, as cores do cabelo dela, o jeito como piscava lentamente para depois voltar a mostrar os surpreendentes olhos verdes, tudo isso o tocou fundo.

O dominou.

— E ainda assim, e ainda assim... mesmo quando a visão deles falha, quando a respiração para e a mente inventa imagens de luzes acolhedoras, mesmo quando a morte rouba suas almas, mesmo então, quando o terror derradeiro se apossa deles e ouvem o terrível silêncio dos próprios corações, mesmo nesse momento eles ainda me amam.

Mack engoliu em seco. Estava paralisado. Imobilizado. Não conseguia mexer os olhos.

— Você já foi beijado, Mack? Não, estou vendo que não. Que pena. — Ela o tocou, apoiou o rosto dele em sua mão. — Morrer tão jovem. Morrer sem nem mesmo ter sido beijado.

Sim, ele queria beijá-la. Queria beijá-la mais do que jamais quisera qualquer outra coisa, ou jamais poderia imaginar querer algum dia. E ele só tinha 12 anos, então beijar garotas nem mesmo era uma prioridade ainda.

Mas mesmo assim...

Mack percebeu que Karri Major estava começando a se mexer, acordando. Jarrah e Stefan a ajudavam a sair pelo outro lado do buggy.

Risky puxou Mack para si, sem resistência. Seus lábios se abriram levemente. Ela inclinou a cabeça. Os lábios estavam tão próximos.

Uma voz, vinda de milhões que quilômetros de distância, gritou:

— Cara. Não! Nããããããão!

Era a voz de Stefan. Mack mal conseguia ouvi-la.

Pelo canto do olho, Mack viu Jarrah correndo. Havia alguma coisa em suas mãos: uma pá. Mas a garota se movia em câmera lenta.

Para sua surpresa, ela não correu para Risky; em vez disso, se jogou na direção de Stefan, o acertou e o derrubou no chão.

Mack sentiu o hálito de Risky em seus lábios. Ele sabia que ia morrer.

E então, a milímetros do beijo da morte, Mack abraçou a princesa, a apertou com força e disse, em uma voz alta e clara:

— *E-ma edras!*

Uma pequena bomba nuclear foi detonada.

O corpo de Mack virou luz. E calor. Aproximadamente 15 milhões de graus Celsius — a temperatura do centro do Sol.

Mack não sentiu nada, na verdade nem mesmo viu nada. Não era algo fora dele, era *ele*. O feitiço em vargran o transformara em uma criatura de luz ofuscante e calor horroroso.

A pele de Risky, branca e macia, e seu cabelo vermelho e sedutor, tudo explodiu em chamas.

A luz durou apenas um milésimo de segundo, mas naquele milésimo de segundo o deserto ficou claro como o dia.

Arbustos pegaram fogo.

A areia sob os pés de Mack virou vidro.

Os animais mais próximos foram incinerados. Os outros se viraram e correram, cegos e em pânico.

O tanque de gasolina do buggy explodiu.

Mas, principalmente, Risky queimou. Ela deu um passo para trás, uma tocha humana.

A tempestade se acabou em uma chuva de areia.

Risky gritava, também de dor, mas principalmente de raiva. Apontou para Mack com a mão enegrecida como carvão.

— Você! Você! — berrava.

E então a princesa Ereskigal se transformou em uma coluna de fumaça negra e oleosa. Seu corpo sumiu e no lugar ficou uma coisa feita de fumaça retorcida e deformada, e dentro da fumaça havia uma massa efervescente de insetos negros e brilhantes.

De repente ela sumiu.

Sumiu.

— É — falou Mack quando a luz assassina se apagou. — Acho que minha parada vai ser Escuridão e *Luz*.

QUERIDO MACK,

PARECE QUE SÓ UM ESTÔMAGO NÃO É SUFICIENTE. VOCÊ NÃO PODE SIMPLESMENTE FICAR COLOCANDO COMIDA LÁ DENTRO O TEMPO TODO. ENFIM, MEU ESTÔMAGO FICOU CHEIO DEMAIS, E EU

PRECISAVA DE UM JEITO DE FAZER A COMIDA SAIR DO MEU CORPO.

A FURADEIRA DO PAPAI FOI BEM ÚTIL, MUITO MELHOR DO QUE UMA COLHER.

SEU AMIGO,
GOLEM

Vinte e oito

MUITO, MUITO TEMPO ATRÁS...

Grimluk deixou a ilha-continente depois da morte de Miladew.

Não conseguira matar a princesa e, enquanto ela vivesse, sua mãe, a Rainha Branca, viveria também. A rainha pelo menos estava presa por toda a eternidade — ou por três mil anos, o que viesse primeiro.

Bem, acontece que três mil anos não eram toda a eternidade.

Ele ainda se lembrava de tudo.

Seu corpo tinha apodrecido. Seus poderes, desaparecido. Mas ele ainda se lembrava de Gelidberry. E do bebê. Ele se lembrava até mesmo das vacas. E de Miladew, assassinada pela princesa Ereskigal.

Da longuíssima caminhada até seu último lar, a caverna escura na qual morava desde então, ele se lembrava muito pouco.

Grimluk não se lembrava mais de onde ficava o local. Não conseguiria encontrar seu esconderijo em um mapa.

Mas ele se lembrava daqueles que amara.

E agora que o Mal se erguia de novo de sua cova abominável no Mundo Inferior, Grimluk lutaria com todas as forças para se vingar e para guiar os novos 12 Magníficos até a vitória final.

Então, e só então, ele se permitiria alcançar a paz da morte...

Vinte e nove

Muitas horas se passaram até a ambulância chegar e levar Karri, ferida, para o hospital de Alice Springs.

No hospital o nariz quebrado de Mack recebeu um curativo, e as prováveis queimaduras sofridas por Stefan e Jarrah, apesar de estarem protegidos pelo buggy capotado, foram tratadas.

Karri ficaria no hospital por pelo menos duas semanas. Jarrah prometeu que ligaria para o pai e iria com ele para algum lugar seguro.

Mas, assim que saiu do quarto, Jarrah olhou para Mack e perguntou:

— Certo. Para onde vamos?

— O que você quer dizer? Você vai encontrar seu pai.

— Até parece — disse ela. — Nós somos os 12 Magníficos, não somos? Só estou vendo dois de nós, além do Stefan.

— Na verdade, ela não estava realmente *vendo* Stefan, que estava no banheiro naquela hora.

— Jarrah, a gente quase foi morto. E não acho que conseguimos acabar com ela. Sem contar a Nafia, ou os elfos tong, ou os skirrits, ou...

— Não, é claro que não acabamos — concordou Jarrah, séria. — Nem chegamos perto. Então vou perguntar de novo: para onde vamos?

Mack respirou fundo, trêmulo. Estava com saudades de casa. Estava com saudades dos pais. Sentia-se muito sozinho por algum motivo, mas ao mesmo tempo sentia como se estivesse começando a fazer parte de uma história que tinha começado muito, muito tempo atrás — talvez por toda a eternidade. Ou pelo menos três mil anos.

Fora que ele não queria viver em um mundo dominado por Risky. Ou pela mãe dela.

Bem, pensou (equivocadamente, conforme vamos descobrir), pelo menos a princesa já era.

— Não sei para onde temos que ir agora — admitiu.

Foi então que Stefan chegou.

— Ei. Cara. Tem uma ligação pra você. No banheiro masculino.

A princesa Ereskigal levou algum tempo para se reconstituir depois de ser consumida pelas chamas. Foi desagradável e demorado. Também a deixara morrendo de fome. Ela chamou dois elfos tong e os comeu. Afinal, se eles tivessem feito o trabalho direito...

Ela havia sofrido uma morte. Em toda a sua longuíssima vida, Risky nunca sofrera uma morte. Ainda tinha onze vidas, mas onze, como até mesmo os antigos sabiam, não é tanto quanto doze.

Acima de tudo, ela só conseguia pensar que teria que ir até sua mãe e explicar que falhara.

Houve épocas nas quais Risky não se dera nada bem com a mãe. Não era fácil ser a descendente mais importante da Criadora de Monstros. Às vezes Risky sentia inveja das filhas das Mães de Todas as Animadoras de Torcida ou das Mães de Todas as Popstars.

Corresponder àquelas expectativas tão altas, ter que ser a mais perfeita essência do mal, era difícil. Às vezes Risky só queria ser uma garota normal.

Hum, na verdade não. Está brincando? O quê, e ir de bicicleta para a escola todo dia? Estudar matemática? Sair com garotinhos do sexto ano? Poupe-me.

Quando Ereskigal conseguiu recriar seu lindo corpinho, ela invocou sua aeronave, subiu a bordo e seguiu em direção ao portal mais próximo para o covil e prisão subterrâneos de sua mãe.

Risky sabia que era melhor ter um plano antes de chegar lá. A Rainha Branca, sua mãe, não era nada sentimental. Às vezes ela também comia aqueles que falhavam em suas missões.

A princesa olhou para seu reflexo no vidro escuro enquanto atravessava a estratosfera a velocidades supersônicas e pensou: *Não posso culpá-la. Eu sou realmente uma delícia.*

Mack. Ele era a resposta. Precisava tirá-lo da jogada agora, antes que ele pudesse encontrar outros dos doze. Seria um assassinato simples agora ou uma guerra depois, com consequências imprevisíveis.

— Eu deixei você escapar uma vez, Mack dos 12 Magníficos — jurou Risky. — Na próxima vez, você será meu jantar.

* * *

O golem foi mandado para casa com um recado da escola para os pais de Mack. A mensagem vinha do conselheiro escolar de Mack, o Sr. Reed.

Dizia o seguinte:

ESCOLA DE ENSINO FUNDAMENTAL RICHARD GERE

Prezados senhor e senhora MacAvoy,

Isso pode parecer loucura, mas três alunos diferentes disseram ter visto Mack tirando uma das mãos e prendendo-a na lateral da cabeça. Eles relataram ter sido uma piada, e é claro que sabemos que Mack não tirou de verdade uma das mãos e a prendeu na lateral da cabeça, e depois comeu pipoca com ela, mas com certeza é o que parece ter acontecido segundo as câmeras de segurança. De qualquer forma, achei que os senhores deveriam ser avisados, especialmente depois do infame incidente com o balão de pum. Caso Mack venha a apresentar outros comportamentos bizarros e desordeiros, temo que seremos obrigados a considerar sua transferência para a Escola Arizona para Crianças Agitadas, Desordeiras e Incontroláveis.

Tom Reed

A mensagem deixou o Golem confuso, pois parecia indicar que não era certo realocar algumas partes do corpo. E ele ficou muito preocupado com aquela história de transferência. Mack com certeza ficaria chateado se voltasse e descobrisse que tinha sido mandado para outra escola.

Ele não sentia-se confiante o bastante para lidar com aquilo sozinho. Precisaria dos conselhos de Mack caso quisesse evitar problemas.

Foi por isso que Mack recebeu a seguinte mensagem de texto:

E aí Mack? ☺ Por aki td ótimo. Sei q vc tá ocupado/morto mas tô achando que o sr reed me odeia. ☹ O q vc acha de ir pra EACADI? Ah, e o q é "comportamento bizarro e desordeiro"? Vc pode fazer uma lista pra mim? Seu BFF, Golem

Felizmente, para a tranquilidade de Mack, ele não recebeu essa mensagem antes de subir a bordo do avião com destino à China.

O voo de Sydney para Xangai foi longo e, conforme você poderá perceber se der uma olhadinha em um mapa, tem um bocado de oceano entre a Austrália e a China, o que significa que Mack passou boa parte do voo apertando o apoio de braço, suando e murmurando como um maluco.

Stefan passou o tempo pensando... Bem, certo, ele não pensou sobre muitas coisas. Ele jogou video game, depois assistiu a uns filmes. A certa altura ainda deu um soco na cara de Mack, mas só porque o choro compulsivo do amigo estava fazendo um garotinho do outro lado do corredor começar a chorar também.

Jarrah chorou um pouquinho também, mas por outras razões. Seus pais não queriam que ela fosse e, vendo os perigos que a aguardavam, ela também não tinha muita certeza se queria mesmo ir.

Mas é isso que acontece quando você tem que salvar o mundo: quando você ouve o chamado, meio que tem que responder.

Pelo menos é o que acontece se você for um dos 12 Magníficos.

Este livro foi composto na tipologia Minion Pro,
em corpo 11,5/15,3, e impresso em papel off-white
no Sistema Cameron da Divisão Gráfica
da Distribuidora Record.